Bücher von Tina Folsom

Samsons Sterbliche Geliebte (Scanguards Vampire – Buch 1)

Amaurys Hitzköpfige Rebellin (Scanguards Vampire – Buch 2)

Gabriels Gefährtin (Scanguards Vampire – Buch 3)

Yvettes Verzauberung (Scanguards Vampire – Buch 4)

Zanes Erlösung (Scanguards Vampire – Buch 5)

Quinns Unendliche Liebe (Scanguards Vampire – Buch 6)

Olivers Versuchung (Scanguards Vampire – Buch 7)

Thomas' Entscheidung (Scanguards Vampire – Buch 8)

Ewiger Biss (Scanguards Vampire – Buch 8 1/2)

Cains Geheimnis (Scanguards Vampire – Buch 9)

Luthers Rückkehr (Scanguards Vampire – Buch 10)

Brennender Wunsch (Eine Scanguards Hochzeit)

Blakes Versprechen (Scanguards Vampire –

Buch 11)

Schicksalhafter Bund (Scanguards Vampire – Buch 11 1/2)

Johns Sehnsucht (Scanguards Vampire – Buch 12)

Ryders Rhapsodie (Scanguards Vampire – Buch 13)

Damians Eroberung (Scanguards Vampire – Buch 14)

Graysons Herausforderung (Scanguards Vampire – Buch 15)

Geliebter Unsichtbarer (Hüter der Nacht – Buch 1)

Entfesselter Bodyguard (Hüter der Nacht – Buch 2)

Vertrauter Hexer (Hüter der Nacht – Buch 3)

Verbotener Beschützer (Hüter der Nacht – Buch 4)

Verlockender Unsterblicher (Hüter der Nacht – Buch 5)

Übersinnlicher Retter (Hüter der Nacht – Buch 6)

Unwiderstehlicher Dämon (Hüter der Nacht – Buch 7)

Ace – Auf der Flucht (Codename Stargate – Band 1)

Fox – Unter Feinden (Codename Stargate – Band 2)

Yankee – Untergetaucht (Codename Stargate –

Band 3)

Tiger – Auf der Lauer (Codename Stargate – Band 4)

Ein Grieche für alle Fälle (Jenseits des Olymps – Buch 1)

Ein Grieche zum Heiraten (Jenseits des Olymps – Buch 2)

Ein Grieche im 7. Himmel (Jenseits des Olymps – Buch 3

Ein Grieche für immer (Jenseits des Olymps - Buch 4)

Der Clan der Vampire (Venedig 1 – 5)

Begleiterin für eine Nacht (Der Club der Ewigen Junggesellen – Buch 1)

Begleiterin für tausend Nächte (Der Club der Ewigen Junggesellen – Buch 2)

Begleiterin für alle Zeit (Der Club der Ewigen Junggesellen – Buch 3)

Eine unvergessliche Nacht (Der Club der Ewigen Junggesellen – Buch 4)

Eine langsame Verführung (Der Club der Ewigen Junggesellen – Buch 5)

Eine hemmungslose Berührung (Der Club der Ewigen Junggesellen – Buch 6)

Yankee - Untergetaucht

Codename Stargate - Band 3

Tina Folsom

1

Lilly Davis seufzte schwer und unterdrückte eine Träne. Onkel Wills Zustand hatte sich in den letzten zwei Monaten rapide verschlechtert, seit sein einziger Sohn Thomas Reed im Alter von siebenunddreißig Jahren gestorben war. Als sie vom Tod ihres Cousins erfahren hatte, war sie mit *Ärzte ohne Grenzen* in Zentralafrika unterwegs gewesen. Sie hatte nicht zurückreisen können, um ihrem Onkel über seinen Verlust hinwegzuhelfen. Ein Ebola-Ausbruch in einem abgelegenen Teil des Kongos hatte das gesamte Team von Ärzten und Krankenschwestern gezwungen, sich in

Quarantäne zu begeben. Niemand hatte fliegen dürfen. Damit war es Lilly unmöglich gewesen, an Thomas' Beerdigung teilzunehmen. Trotzdem hatte sie viele Tränen vergossen.

Thomas war nicht nur ihr Cousin, sondern auch ihr Freund aus Kindertagen. Bis heute ins Erwachsenenalter standen sie sich sehr nahe, obwohl sie sich immer seltener gesehen hatten. Thomas war zum Militär gegangen und an gefährlichen Hotspots auf der ganzen Welt eingesetzt worden. Währenddessen hatte Lilly eine anstrengende medizinische Ausbildung in den besten Krankenhäusern und Laboren des Landes absolviert. Danach spezialisierte sie sich auf Infektionskrankheiten und ergatterte einen Job in einem hochmodernen Labor in Bethesda. Delta Labs war weniger als zehn Meilen von Washington D. C. entfernt und hatte in ihrer Abteilung nach Freiwilligen gesucht, die die *Ärzte ohne Grenzen* begleiten und ihnen im Kongo beim Testen auf mutierte Viren helfen sollten.

Lilly hatte in den zwei Monaten vor Thomas' Tod nicht mit ihm gesprochen, was jedoch nicht ungewöhnlich war. In den letzten drei Jahren war es immer Thomas gewesen, der sie angerufen hatte, stets von einer anderen Nummer. Als sie ihn nach seinem Aufenthaltsort gefragt hatte, hatte er ihr diese Informationen nicht geben dürfen. Sie vermutete, dass seine Einsätze streng geheim waren, und hatte ihn nicht weiter bedrängt. Aber sie kannte Thomas gut genug, um zu wissen, dass er gestresst war und dass seine Aufgaben ihn belasteten. Mehr als einmal hatte sie ihm gesagt, dass er seinem Land lange genug gedient hätte und es vielleicht an der Zeit wäre, nach Hause zu kommen und sich einen weniger stressigen Job zu suchen.

„Bald", hatte Thomas versprochen.

Doch dazu war es nie gekommen. Und jetzt stand Lilly in Onkel Wills Haus am Stadtrand von Washington D. C., umgeben von Kisten mit Haushaltsgegenständen, die für wohltätige Zwecke gespendet werden sollten.

„Sie sehen traurig aus, Miss Davis", sagte Deja Lashae hinter ihr.

Lilly drehte sich um. Deja Lashae, eine schwarze Frau Ende vierzig, sah sie an. Sie war während des vergangenen Jahres die Krankenpflegerin ihres Onkels gewesen, bis klar geworden war, dass eine häusliche Betreuung nicht mehr ausreichte. William Reed musste in ein Heim für Alzheimer-Patienten, um die Pflege zu bekommen, die er brauchte. Deja war groß und sah fit und stark aus. Da Lilly wusste, dass der Umgang mit älteren Patienten viel Kraft erforderte, bedurfte es einer kräftigen Person, einen alten Mann zu pflegen, dessen Gesundheit angeschlagen war und der mitunter sehr stur sein konnte.

Lilly seufzte. „Ich habe viele glückliche Stunden in diesem Haus verbracht, wenn ich Onkel Will und Thomas besucht habe. Ich kann nicht glauben, dass Thomas nicht mehr da ist … und Onkel Will … Es ist traurig, ihn so zu sehen." Sie und William Reed waren nun die Letzten der Familie Reed. Lillys Mutter, Wills Schwester, war ein paar Jahre zuvor an Krebs gestorben, und ihr Vater war nach der Scheidung vor fast zwanzig Jahren in seine Heimat nach Kanada zurückgekehrt. Wills älterer Bruder starb bei einem Autounfall.

„Das macht die Demenz mit den

Menschen", sagte Deja mit einem mitfühlenden Lächeln. „Man verliert seine Lieben, obwohl sie noch bei uns sind."

„Das stimmt, Deja. Ich hätte früher zurückkommen sollen. Vielleicht hätte ich dann noch ein bisschen Zeit mit ihm verbringen können, als er noch klare Momente hatte."

„Machen Sie sich keine Vorwürfe. Niemand konnte ahnen, wie schnell die Krankheit sein Gehirn angreifen würde, nachdem sein Sohn gestorben war. Es war, als hätte er danach einfach aufgegeben."

„Waren Sie bei ihm, als er die Nachricht von Thomas' Tod erhielt?"

„Ja, das war ich. Es hat Ihren Onkel schwer getroffen. Ihn schien seine ganze Lebenskraft auf einmal zu verlassen." Deja seufzte. „Und als Thomas' Asche ein paar Tage später ankam ... oh, das gab ihm den Rest."

„Seine Asche?", fragte Lilly erstaunt. „Er wurde eingeäschert?"

„Oh ja", bestätigte Deja. „Ich möchte auch eingeäschert werden. Viele Leute tun das heutzutage. Es ist auch billiger. Wissen Sie, kein Sarg, kein großes Grab, das gepflegt werden muss, und –"

„Aber Thomas wollte nicht eingeäschert werden. Ich weiß das ganz sicher. Und Onkel Will auch. Das war klar, seit wir Kinder waren. Seine Mutter ist bei einem Brand in einem Restaurant ums Leben gekommen, seitdem graute ihm bei dem Gedanken, verbrannt zu werden." Lilly schüttelte den Kopf. „Das stand in Thomas' Patientenverfügung. Er hat allen das Versprechen abgenommen, dass er nicht eingeäschert wird. Mir auch." Nur war Lilly nicht einmal im Land gewesen, als Thomas gestorben war.

Deja warf ihr einen besorgten Blick zu. „Es tut mir leid, Miss Davis, darüber weiß ich nicht Bescheid. Und Ihr Onkel war nicht in der Lage, irgendwelche Entscheidungen zu treffen. Außerdem hatte ich nach dem, was ihm gesagt wurde, den Eindruck, dass er keine Wahl hatte, was mit Thomas' sterblichen Überresten geschehen sollte."

Lilly runzelte die Stirn. „Was meinen Sie damit?"

Sie zuckte mit den Schultern. „Ich hörte

etwas von einer ansteckenden Krankheit und dass es im Interesse der öffentlichen Gesundheit sei."

„Aber das ergibt keinen Sinn. Haben sie ihm gesagt, woran Thomas gestorben ist?"

Deja hob bedauernd die Hände. „Das ist alles, was ich aus Ihrem Onkel herausbekommen konnte."

„Ich dachte, Sie wären bei ihm gewesen, als er die Nachricht von Thomas' Tod erhielt."

„Oh ja, das war ich, aber Ihr Onkel hat jemanden angerufen, nachdem Thomas' Asche eingetroffen war. Doch ich weiß nicht genau, was man ihm gesagt hat. Er erzählte mir etwas von einem Infektionsrisiko und dass die Regierung nur getan hätte, was zu tun war. Aber er war völlig außer sich."

„Mit wem hat er gesprochen?"

„Ich weiß es nicht." Deja senkte ihre Stimme. „Unter uns gesagt, ich bin mir nicht einmal sicher, ob Ihr Onkel überhaupt mit jemandem gesprochen hat. Schon in den Monaten vor dem Tod seines Sohnes erfand er allerlei Geschichten, die mit der Realität nicht viel zu tun hatten. Sie wissen schon … Verschwörungstheorien."

Das überraschte Lilly. Ihr Onkel hatte noch nie etwas von Verschwörungen gehalten. Er war ein Mann der Logik, der Wissenschaft, der Tatsachen. In seinen jüngeren Jahren war er Mathematiker an einer Universität gewesen. Später hatte er eine Karriere als Versicherungsmathematiker bei einer großen Versicherungsgesellschaft eingeschlagen. Offensichtlich war ihr Onkel nicht mehr der Mensch, der er einmal gewesen war, obwohl er sie freudig begrüßt hatte, als sie ihn nach ihrer Rückkehr aus dem Kongo besucht hatte.

„Als ich ihn letzte Woche gesehen habe, wirkte er sehr klar."

„Das ist typisch für die Demenz", erklärte Deja. „In einem Moment wirken die Leute vollkommen gesund und im nächsten erkennen sie niemanden mehr. Es ist eine grausame Krankheit."

„Das stimmt", sagte Lilly. Dann deutete sie auf die Kisten. „Ich mache lieber weiter, damit ich das Haus zum Verkauf anbieten kann. Danke, dass Sie mir dabei helfen, Deja."

„Selbstverständlich."

Lilly wandte sich um. Sie wollte im nächsten Raum, Thomas' altem Kinderzimmer, weitermachen, während Deja in die Küche zurückkehrte, wo sie Schränke ausräumte.

In Thomas' Zimmer hatte sich nicht viel verändert, obwohl er seit über fünfzehn Jahren nicht mehr hier gewohnt hatte. Es gab keinen Teppich, nur den alten abgenutzten Holzboden, der an vielen Stellen knarrte. An der einen Wand stand noch das Jugendbett, in dem er als Teenager geschlafen hatte, und an der gegenüberliegenden Wand der alte Holzschreibtisch, an dem er früher seine Hausaufgaben gemacht hatte. Es gab ein großes Bücherregal mit Büchern, die von der Algebra bis zur Zen-Philosophie reichten. Die Wände waren mit Postern von Bob Marley und Santana geschmückt. Schon als Lilly und Thomas noch Teenager waren, galt ihr Musikgeschmack als altmodisch.

Für einen Augenblick stand Lilly einfach nur da und ließ sich von den Erinnerungen an ihre gemeinsame Kindheit in eine Zeit zurückversetzen, in der alles einfacher gewesen war. Thomas war ein etwas seltsames Kind gewesen. Zu ernsthaft, zu weise für seine Jahre, eine alte Seele. Aber in gewisser Weise war Lilly ihm ähnlich, fast so, als wären sie Zwillinge und nicht Cousin und Cousine. Als Zwölfjährige hatten sie sogar einen eigenen Geheimcode entwickelt, um sich Nachrichten mit geheimen Passwörtern zu schicken. Ein Spiel nur für sie beide. Ein Spiel für Nerds.

Lilly riss sich aus ihren Erinnerungen. Sie hatte viel Arbeit vor sich. Die Immobilienmaklerin, mit der sie über den Verkauf von Onkel Wills Haus gesprochen hatte, wollte das Gebäude in der folgenden Woche streichen und in Szene setzen. Lilly sollte alle persönlichen Gegenstände entfernen. Am nächsten Tag sollte eine Wohltätigkeitsorganisation vorbeikommen, um die Möbel abzuholen.

Lilly ging die Bücher durch und warf die meisten davon in eine der Kisten. Sie wollte keines davon behalten, sie bedeuteten ihr nichts. Der Schrank enthielt noch ein paar von Thomas' Kleidungsstücken, die er immer getragen hatte, wenn er seinen Vater besucht hatte. Die Hosen und Hemden waren aus der Mode gekommen und abgenutzt. Thomas war egal, was er anzog. Dies ließ sich bestimmt darauf zurückführen, dass er den größten Teil seines Erwachsenenlebens in Uniform verbracht hatte.

Sie warf seine Kleidung in eine andere große Kiste und räumte dann die alten Schuhe und Stiefel weg, die auf dem Schrankboden lagen. Als sie gerade das Schranklicht ausschalten wollte, erregte etwas auf dem Boden ihre Aufmerksamkeit. Sie ging in die Hocke, um es sich genauer anzusehen. Dort in der Ecke, wo seine alten Stiefel gestanden hatten, war etwas ins Holz geritzt. Zuerst konnte sie nicht sagen, was es war, aber dann richtete sie ihr Handylicht darauf und erkannte es. Die dünnen Kratzer, die wahrscheinlich mit einem Taschenmesser gemacht worden waren, sahen aus wie eine Blume, eine Lilie.

Lilly setzte sich auf ihre Fersen zurück. Sie wusste ohne Zweifel, dass Thomas die Blume dort hineingekratzt hatte. Aber wann? Wenn er es getan hatte, als sie noch Kinder waren, hätte er sie ihr gezeigt. Sanft klopfte sie auf das Holzbrett mit der Schnitzerei, dann auf das daneben. Das Geräusch änderte sich. Der Boden unter der Blume klang hohl.

Sie zog ihre Schlüssel aus der Jeanstasche und klemmte einen davon zwischen zwei Dielenbretter. Das Brett mit der Blume ließ sich leicht hochheben und gab ein kleines Versteck frei, das nicht größer als ein Taschenbuch war. Darin lagen nur ein paar Kleinigkeiten. Sie griff hinein und zog sie heraus.

Der erste Gegenstand war ein Ausweis mit Thomas' Namen und Foto. Eigentlich nichts Ungewöhnliches, wenn die Organisation, die ihn ausgestellt hatte, nicht die *Central Intelligence Agency* gewesen wäre. Ihr Herz blieb für einen Moment stehen. Thomas war ein CIA-Agent gewesen? Hatte er ihr deshalb nie gesagt, wo er im Einsatz war? War er überhaupt bei der Armee gewesen oder hatte er seiner Familie vorgelogen, er sei beim Militär, obwohl er in Wirklichkeit ein CIA-Agent war?

Lilly legte den Ausweis beiseite und betrachtete dann die beiden anderen

Gegenstände. Ein USB-Stick und ein schwarzer Notizblock mit Spiralbindung, kleiner als ein Handy. Sie schlug ihn auf und stellte fest, dass die meisten Blätter fehlten. Nur wenige Zettel waren übrig und diese waren leer. Warum versteckte Thomas einen leeren Notizblock? Sie richtete ihr Handylicht darauf, um besser sehen zu können und bemerkte Rillen auf dem obersten Blatt. Ihr Herz schlug wie ein Presslufthammer. Lilly sprang auf und lief zum Schreibtisch, wo sie einen Bleistift fand. Sie legte den Notizblock auf den Tisch und strich mit dem Bleistift über das Papier, um die Schrift zu enthüllen, die die Rillen hinterlassen hatte.

Henry Sheppard, CIA, 202-555-8978

Aber die Mine des Bleistifts hatte noch etwas anderes enthüllt: eine horizontale Linie, die den Namen und die Telefonnummer durchstrich. Das Herz schlug ihr bis zum Hals. War das eine Nachricht für sie? Sollte sie Henry Sheppard kontaktieren? Oder hatte Thomas den Namen und die Nummer durchgestrichen, weil er es sich anders überlegt hatte?

Je länger Lilly darüber nachdachte, desto unsicherer wurde sie. Hatte Thomas ihr diese Nachricht hinterlassen wollen oder nicht? Sie stand mehrere Minuten da und überlegte, was sie tun sollte. Aber weil Thomas' sterbliche Überreste ohne die Zustimmung seiner Familie eingeäschert worden waren, wusste sie, dass sie dort anrufen musste. Vielleicht könnte Henry Sheppard ihr sagen, was Thomas widerfahren war.

Sie wählte die Nummer und die Mailbox sprang an.

„Dies ist die Mailbox von Henry Sheppard. Bitte hinterlassen Sie eine Nachricht."

„Ich bin Lilly Davis. Ich bin die Cousine von Thomas Reed und ich möchte mit Ihnen über seinen Tod sprechen. Bitte rufen Sie mich an. 202-555-6523."

Sie beendete das Gespräch und hörte ein Geräusch an der Zimmertür. Sie drehte den Kopf und sah Deja Lashae im Türrahmen stehen.

„Ja?", fragte Lilly.

„Ich habe Ihre Stimme gehört und dachte, Sie hätten nach mir gerufen. Ich wusste nicht, dass Sie telefonieren." Dejas Blick wanderte an ihr vorbei zum Schrank. „Wie ich sehe, machen Sie gute Fortschritte. Die Küchenschränke sind jetzt alle leer."

Lilly nickte abwesend. „Ja, ich bin hier fast fertig. Danke."

2

Jack Porter sah erneut auf sein Handy, um sicherzugehen, dass er sich nicht geirrt hatte. Doch die Adresse stimmte. Er stand vor einer großen Villa am Stadtrand von Washington D. C. Das Grundstück war auf drei Seiten von einer hohen Mauer umgeben und hatte zur Straßenseite einen schmiedeeisernen Zaun. Üppige Vegetation zierte den großen Hof. Er warf einen Blick auf das Schild neben dem Tor.

Sober Living Rehabilitation Center.

Unter dem Schild befand sich eine Gegensprechanlage.

Jack berührte instinktiv die Waffe im

Halfter unter seiner Jacke. Sollte das eine Falle sein, wäre er vorbereitet. Er drückte auf den Knopf und aus der Gegensprechanlage erklang ein kratzendes Geräusch.

„Zu wem möchten Sie?", fragte eine Frauenstimme.

„F-" Er stoppte gerade noch rechtzeitig. Die Einladung zu dieser Adresse kam angeblich von Fox. Doch er wollte den Codenamen seines Ex-Stargate-Kollegen nicht preisgeben. Stattdessen sagte er: „Nick Young."

„Und Sie sind?"

„Jack Porter."

Eigentlich kannte Fox ihn unter dem Codenamen Yankee. Sie waren sich erst vor eine Woche begegnet, als Fox über das Darknet nach anderen Stargate-Agenten gesucht hatte. Jack hatte zu ihm Kontakt aufgenommen. Zuerst argwöhnisch, ob die Person, die hinter den ehemaligen Stargate-Agenten her war, ihm eine Falle stellen wollte. Aber es war sehr schnell klar geworden, dass Fox der war, der er vorgab zu sein – ein Präkognitiver wie Jack.

Ein Summen kündigte an, dass das Tor entriegelt wurde. Jack stieß es auf und trat in den großzügigen Vorgarten. Er ging zur hölzernen Eingangstür mit dem kleinen Portikus, der alle Besucher in den Wintermonaten vor Regen oder Schnee und im Sommer vor Sonne schützen sollte.

Mit den Augen suchte Jack den Bereich zu seiner Linken und Rechten ab, um sofort reagieren zu können, falls er auf einen Hinterhalt traf. Aber er konnte niemanden entdecken. Stattdessen öffnete sich die Tür und eine hübsche Frau Mitte dreißig begrüßte ihn.

„Wir haben Sie bereits erwartet, Mr. Porter", sagte sie höflich und führte ihn hinein.

Er folgte ihr in die große Eingangshalle und musterte die Frau. Sie war lässig gekleidet, aber er war sich nicht sicher, ob sie bewaffnet war. Er konnte keine Waffe sehen, aber vielleicht hatte sie sie geschickt unter ihrem Bauch versteckt, der sie schwanger aussehen ließ.

Sie lächelte ihn an und deutete auf die zwei

Sessel im Foyer. „Ich hole Nick. Bitte setzen Sie sich."

„Danke", sagte er genauso höflich. „Aber ich bleibe lieber stehen, wenn es Ihnen nichts ausmacht."

Sie verließ die Eingangshalle durch eine Tür auf der rechten Seite. Als sie draußen war, sah Jack sich um. Es gab einen Schreibtisch mit einem altmodischen Telefon und ein paar Akten mit den gleichen farbigen Etiketten, wie sie Arztpraxen für ihre Patientenkarteien verwendeten. Jack trat näher. Er klappte einen der Ordner auf. Nur leere Blätter. Requisiten. Das bestätigte ihm, dass dies keine Rehaklinik für Alkoholiker oder Drogenabhängige war. Das Haus war eine Fassade für etwas anderes.

Jack spürte ein Kribbeln im Nacken und instinktiv wanderte seine Hand zur Waffe.

„Das würde ich an deiner Stelle nicht tun."

Jack wirbelte herum zu der Männerstimme. Das war nicht Nick Young. Er war dem Mann, der eine Waffe auf ihn richtete, noch nie begegnet. Aber er wusste, wer er war, oder besser gesagt, *was* er war. Das Kribbeln wurde von der Anwesenheit des Mannes verursacht und identifizierte ihn als einen Präkognitiven. Aber das bedeutete nicht, dass Jack ihm trauen konnte. Schließlich vermutete er, dass ein Präkognitiver das streng geheime CIA-Programm verraten hatte, dem er einmal angehört hatte. Doch aus irgendeinem Grund kam ihm etwas an dem Kerl bekannt vor.

„Wo ist Nick? Was hast du mit ihm gemacht?", fragte Jack und sah ihn misstrauisch an.

„Ich bin hier."

Jacks Kopf ruckte zur Treppe und er sah Nicholas *Fox* Young aus dem ersten Stock herunterkommen. Auch er hielt eine Waffe in der Hand.

„Was geht hier vor sich?", fragte Jack und zeigte auf den Fremden. „Wer zum Teufel ist er?"

„Dasselbe könnte ich dich auch fragen", antwortete Fox.

„Du weißt, wer ich bin! Verdammt noch mal, ich habe dir erst vor einer Woche geholfen, in Langley einzubrechen."

„Ja, und vielleicht hattest du einen Grund, mir zu helfen, aber du bist verdammt noch mal nicht Yankee." Nick erreichte das Erdgeschoss und blieb neben dem anderen Mann stehen.

Jack musterte den Fremden von oben bis unten. Waren sie sich schon einmal begegnet?

„Ich habe dir gesagt, dass ich Yankee bin, und das ist die Wahrheit. Ich war ein Mitglied von Stargate genau wie du." Er deutete mit dem Kinn auf den Fremden. „Und ich nehme an, du auch. Du bist ein Präkognitiver genau wie ich. Ich kann es spüren."

Der Fremde nickte. „Da hast du recht. Aber das bedeutet nicht, dass wir dir trauen können. Oder dass du der bist, der du vorgibst zu sein. Du siehst nicht wie Yankee aus."

Auf einmal verstand Jack, worum es ging. „Die Liste." Er sah Fox an. „Du hast mein Foto auf der Liste gesehen, die du der CIA gestohlen hast."

Fox nickte. „Ja, und du bist nicht der Mann auf Yankees Foto. Sicher, du bist genauso groß und hast die gleiche Haar- und Augenfarbe. Du weißt schon, das Übliche, und du bist ein Präkognitiver, aber du bist nicht Yankee."

„Es gibt einen Grund, warum ich nicht so

aussehe wie auf dem Foto, das Henry Sheppard von mir gemacht hat."

„Aber natürlich", sagte der Fremde sarkastisch.

„Ich habe mich einer plastischen Operation unterzogen, um –"

„Kein Wunder, dass du so hübsch aussiehst", unterbrach ihn der Fremde, wobei sein Ton verriet, dass er Jack kein einziges Wort glaubte. „Warum ist mir das nicht gleich aufgefallen?"

„Es ist wahr. Willst du die Operationsnarben sehen?"

Fox und der Fremde wechselten einen Blick. „Würde nichts beweisen."

„Scott", sagte Nick zu dem Mann neben ihm, „wie wäre es, wenn wir seinen Schädel durch das kraniofaziale Messprogramm laufen lassen?"

„Scott?", wiederholte Jack und starrte den Mann neben Nick an. „Du heißt nicht zufällig Scott Thompson?"

Scott hob sein Kinn. „Was, wenn es so wäre?"

„Kein Wunder, dass mir deine Fresse

bekannt vorkommt. Der verdammte Scott Thompson! Ich glaube, ich schulde dir noch eine Tracht Prügel, weil du mich um den ersten Platz im Cross-Country-Survival-Test bei der Akademie gebracht hast."

„Und, wie hätte ich das angestellt?"

„Indem du meine Ausrüstung mit Zuckerwasser getränkt hast, sodass mich ein Schwarm Bienen gejagt hat. Ich hatte neun Bienenstiche. Hast du eine Ahnung, wie die juckten?" Jack knurrte.

Plötzlich grinste Scott, dann sah er Fox an, während er seine Waffe bereits wieder ins Halfter steckte. „Er sagt die Wahrheit. Jack war ein total ehrgeiziges Arschloch. Jemand musste ihm eine Lektion erteilen."

Jack trat näher an die beiden ehemaligen CIA-Agenten heran. Ohne Vorwarnung landete er einen rechten Haken unter Scotts Kinn. „Und du hast immer gedacht, du wärst besser als der Rest von uns."

Scott rieb sich das Kinn, schlug aber nicht zurück. „Stimmt schon. Ich war damals nicht gerade besonders nett."

„Ich schätze, wir sind quitt", sagte Jack und

reichte ihm zur Begrüßung die Hand. „Schön zu sehen, dass du überlebt hast.“

Scott schüttelte ihm die Hand. „Mein Codename ist Ace. Schön zu sehen, dass auch du noch lebst. Wir brauchen jemanden mit deinem Kampfgeist.“

„Jetzt, wo wir die Begrüßung hinter uns haben, habe ich eine Frage. Was mache ich in einem Rehazentrum?“, fragte Jack.

„Dies hier ist Henry Sheppards altes Haus. Ich gebe dir ‘ne Führung“, sagte Ace und legte Jack eine Hand auf die Schulter.

3

Ace und Fox führten Jack durch das Haus, dessen Erdgeschoss aus verschiedenen Büros und Besprechungsräumen, Lagerräumen sowie einer großen Küche und einem Esszimmer bestand.

„Hast du Sheppards Haus gekauft?", fragte Jack.

„Gekauft?", antwortete Ace und schüttelte den Kopf. „Ich habe es geerbt. Ich bin hier aufgewachsen."

Einen Moment lang ließ Jack die Neuigkeit auf sich wirken. „Also waren die Gerüchte wahr. Du bist Sheppards Adoptivsohn."

„Ja." Stolz und Schmerz lagen in seiner Stimme.

Ace hatte nicht nur seinen Mentor, sondern auch seinen Vater verloren.

„Dann gibt es da eine Sache, die ich nicht verstehe. Wie kannst du hier leben, nur einen Steinwurf von demjenigen entfernt, der das Stargate-Programm verraten und deinen Vater getötet hat? Wie hast du überlebt?"

„Mit ein paar juristischen Tricks", sagte Ace. „Ich konnte mein Erbe nicht beanspruchen, nachdem er ermordet wurde. Sicher haben sie darauf gewartet, dass ich hierher zurückkomme, um mich zu töten. Ich blieb drei Jahre lang weg. Bevor ich zurückkam, gründete ich mehrere Briefkastenfirmen, alle mit Sitz im Ausland, und verkaufte das Haus an eine von ihnen, ließ es dann von dieser Firma an die nächste verkaufen und so weiter, bis es für niemanden mehr möglich war, die Eigentumsverhältnisse nachzuvollziehen."

„Es gehört dir also immer noch, nur unter einem anderen Namen", sagte Jack. „Und warum die Reha-Fassade?"

„Ich wollte sicherstellen, dass keiner der Nachbarn wegen des Kommens und Gehens hier Verdacht schöpft. Soweit die Nachbarn wissen, ist dies eine sehr exklusive Klinik. Die Leute, die zu ungewöhnlichen Zeiten kommen, gelten als Prominente, die ihre Privatsphäre schützen wollen."

Fox mischte sich ein. „Ich bin erst seit ein paar Tagen hier, aber ich bin von dem Set-up beeindruckt. Und es funktioniert besser, als ich dachte, nachdem Ace mir zum ersten Mal davon erzählt hat."

„Wann ist das alles passiert?", fragte Jack und wandte sich an Fox. „Vor einer Woche hattest du nur mich, der dir beim Einbruch in Langley helfen konnte. Warum hat Scott uns nicht geholfen?"

„Hätte ich gemacht, wenn ich gewusst hätte, auf welche verrückte Idee ihr gekommen seid. In Langley einbrechen!" Ace schüttelte den Kopf.

Jack deutete mit dem Daumen auf Fox. „Nicht auf meinem Mist gewachsen. Dieser Witzbold hier hielt das für eine tolle Idee."

„Hey, es hat funktioniert", sagte Fox mit einem Grinsen.

„Hätte genauso gut in die Hose gehen können", sagte Jack.

„Nun, zum Glück ist es das nicht", sagte Ace. „Denn ich habe dadurch nicht nur Nick ausfindig machen können. Wir haben jetzt auch eine Liste der ehemaligen CIA-Agenten, die am Stargate-Programm beteiligt waren."

Ace öffnete die Tür zu einem weiteren Zimmer und führte alle hinein. Jack betrat den großen Computerraum, der das Nervenzentrum des Gebäudes zu sein schien. Es gab keine Fenster und die Wände hatten einen seltsam dunklen Grauton, doch der Raum wirkte nicht dunkel. Viele Lampen erhellten ihn.

Jack musste die Wände angestarrt haben, denn Fox sagte: „Das ist ein besonderer Anstrich. Er schützt den Raum und die Geräte vor Abhörversuchen."

„Hallo Leute."

Jack drehte sich um und sah die Frau, die ihn ins Haus gelassen hatte, unter einer der

Computerkonsolen hervorkriechen, ein paar Computerkabel in der Hand.

„Ich nehme an, das bedeutet, dass der neue Typ koscher ist?", fragte sie.

„Jack, darf ich dir Phoebe vorstellen? Sie ist meine Verlobte", sagte Ace.

Jack hob eine Augenbraue. Er hatte nicht damit gerechnet, dass Ace ein Privatleben hatte. „Schön dich kennenzulernen, Phoebe." Unwillkürlich wanderte sein Blick wieder zu ihrem Bauch. Ja, sie war definitiv schwanger, obwohl er keine Ahnung hatte, wie lange schon.

„Du kannst jetzt aufhören zu glotzen, Jack", sagte Ace neben ihm.

Jack hob beide Hände. „Tut mir leid, wenn ich geglotzt habe, es ist nur – äh – ich bin überrascht."

Phoebe kicherte. „Ja, ist mir auch so gegangen. Und wenn wir in den nächsten vier Monaten nicht die Leute finden, die die Stargate-Agenten jagen, muss ich ein uneheliches Baby zur Welt bringen."

Jack warf Ace einen Blick zu, sagte aber nichts.

Ace hielt dem stand. „Wir können doch nicht heiraten, während unsere Feinde hinter uns her sind. Es ist zu riskant. Wenn jemand die Heiratsurkunde in die Finger bekommt, könnte er uns finden."

„Macht Sinn", sagte Jack, obwohl er nicht aussprach, was er wirklich dachte. Dass es dumm war, eine Frau zu haben und ein Kind in die Welt zu setzen, während sie von den Leuten gejagt wurden, die Henry Sheppard getötet und dessen Agenten in alle Himmelsrichtungen verjagt hatten.

Aber er wusste auch, dass Fox ebenfalls in einer Beziehung war. Und zwar in einer ernsten. Jack hatte Michelle erst vor einer Woche kennengelernt. „Ist Michelle auch hier?"

Fox nickte. „Ja. Wo ist sie, Phoebe?"

„Irgendwo auf dem Dachboden. Sie muss irgendeine Leitung überbrücken oder so was, – damit die Server schneller laufen", antwortete Phoebe. „Du weißt ja, dass ich nicht fließend Technik spreche."

„Sucht jemand nach mir?"

Jack erkannte Michelles Stimme sofort. Er

blickte über seine Schulter und sah, wie sie den Raum betrat. Ihre dunkle Kleidung war staubig und in ihrem Haar hing ein Spinnennetz.

„Oh, hey, Yankee, du bist es", sagte sie, während Fox ihr die Spinnenfäden aus den Haaren zupfte. „Igitt! Der Dachboden ist so staubig. Ich hoffe, das war das letzte Mal, dass ich da hochmusste."

„Ich hätte das übernommen, wenn du es mir gesagt hättest", sagte Fox.

„Ne, das ist kein Problem. Du hattest andere Dinge zu tun." Sie sah Jack an. „Hat jemand Hunger?"

Mehrere stimmten zu.

„Okay, Phoebe und ich schmeißen in der Küche etwas zusammen und lassen euch hier weitermachen", sagte Michelle.

„Danke, Baby", sagte Fox.

Als die beiden Frauen den Raum verließen und die Tür hinter sich schlossen, blickte Jack zu Ace und Fox. „Also wohnt ihr alle hier? Wie in einer Kommune?"

„Definitiv nicht", sagte Fox.

„Nur Phoebe und ich wohnen hier",

antwortete Ace. „Im ersten Stock. Aber es gibt mehrere Gästezimmer, falls Fox und Michelle aus irgendeinem Grund nicht nach Hause können. Wenn du einen Schlafplatz brauchst, kannst du hierbleiben."

Jack schüttelte den Kopf. „Ich will euch nicht zur Last fallen. Ich habe einen sicheren Ort in D. C. Es ist nicht so luxuriös wie hier, aber es ist sicher."

Ace deutete auf einen großen Schreibtisch und sie setzten sich. „Okay, dann lasst uns mal überlegen, was wir als Nächstes tun."

Nick zog einen Laptop heran und loggte sich ein. Augenblicke später hatte er ein Dokument geöffnet und an den großen Wandmonitor gesendet.

Ace zeigte darauf. „Das ist die Liste, die Nick von den Servern in Langley kopiert hat. Dies sind die Details zu zweiunddreißig Stargate-Agenten. Wir können einige von der Liste streichen: uns drei sowie Zulu und Echo."

„Ja, Echo ist tot", sagte Jack bedauernd.

Fox nickte. „Ja, du hast gesagt, er sei übergelaufen? Ich habe Scott mitgeteilt, was du mir letzte Woche erzählt hast. Und dass er dir die Zugangsdaten für Sheppards Ghost-Login verraten hat, mit der ich diese Liste stehlen konnte."

„Leider ist das alles, was ich von ihm habe. Wie ist Zulu umgekommen?", fragte Jack.

„Zulu lebt", sagte Ace. „Er hat sich bereit erklärt, an die Westküste zu gehen, um einige der Männer von dieser Liste zu finden. Wir haben Kontakt und er schickt uns regelmäßig Updates zu seinen Ermittlungen. Er hat Hinweise auf drei Agenten, die sich möglicherweise irgendwo in Kalifornien und Oregon verstecken: Delta, Polo und Whiskey."

Jack sah auf den großen Bildschirm. Neben jedem Namen war ein farbiger Punkt. „Rot für tot? Grün für diejenigen, deren Standort ihr kennt?"

Fox nickte. „Ja. Blau für diejenigen, deren Spur Zulu hat."

„Angenommen Zulu findet die drei, dann bleiben immer noch vierundzwanzig, die wir finden müssen", sagte Jack. „Lass mich mal sehen. Vielleicht erkenne ich jemanden."

Ace räusperte sich. „Ja, ich fürchte, mein Vater hat einen Fehler gemacht, als er entschied, dass die Stargate-Agenten keinen Kontakt miteinander haben sollten. Das heißt aber nicht, dass sie uns alle fremd sind. Wir mussten alle das reguläre CIA-Training durchlaufen." Er zeigte auf Jack. „So wie du und ich zur gleichen Zeit in Camp Peary waren, waren es auch andere."

Fox nickte eifrig und scrollte durch die Liste. „Scott und ich sind die Liste schon mehrmals durchgegangen. Die Typen, die wir entweder vom Camp oder anderen Orten wiedererkannt haben, sind gelb markiert. Sie werden leichter zu finden sein, weil wir sie kennen: ihre Gewohnheiten und in einigen Fällen ihren Hintergrund und ihre Familien."

„Trotzdem bleiben noch jede Menge übrig", sagte Jack. Er zeigte auf den Anfang der Liste. „Zeig sie mir einzeln, Foto und Name."

Langsam scrollte Fox durch die Liste. Neben jedem Foto standen sowohl der richtige Name sowie der Codename des Agenten zusammen mit etwaigen besonderen Fähigkeiten. Jack betrachtete jedes Bild, ließ jeden Namen auf sich wirken und versuchte, sich an die Person zu erinnern.

„Weiter", sagte er und wiederholte sich alle ein bis zwei Minuten.

„Viele sind nicht mehr übrig", sagte Ace mit deutlicher Enttäuschung in der Stimme.

Jack konnte es ihm nicht verübeln. Jemanden zu suchen, über den man nichts wusste und der nicht gefunden werden wollte, war schlimmer als die Suche nach der Nadel im Heuhaufen. Es war wie die Suche nach einem *Strohhalm* im Heuhaufen.

Jack sah sich das nächste Foto und den Namen daneben an.

Codename: River

Name: Thomas Reed

Er sprang auf und zeigte auf den Bildschirm. „Das ist Thomas Reed. Wir waren zusammen beim Militär, bevor ich zur CIA kam. Ich hatte keine Ahnung, dass Sheppard ihn auch angeworben hat."

„Du kanntest ihn, wusstest aber nicht, dass er die gleiche Gabe hat wie du?", fragte Ace.

„Ich habe immer dieses verräterische Kribbeln im Nacken gespürt, als wir zusammen beim Militär waren, aber damals wusste ich noch nicht, was es bedeutet. Thomas und ich haben nie über unsere Vorahnungen gesprochen. Ich schätze, keiner von uns wollte sonderbar oder verrückt rüberkommen. Aber es erklärt, warum er sich so oft aus der Schusslinie retten konnte, als wir im Ausland gegen Aufständische gekämpft haben. Er nannte es immer einen sechsten Sinn." Jack holte tief Luft. „Ich weiß, wie ich ihn finden kann."

4

Lilly trug einen weißen Laborkittel und saß hinter ihrem Schreibtisch in dem winzigen Büro neben dem Labor, das sie bei Delta Labs leitete. Für sie arbeiteten vier Forschungsassistenten, die sie bei ihrem aktuellen Projekt unterstützten, der Synthese einer antiviralen Komponente gegen einen neuen Stamm des Kunjin-Virus, der Enzephalitis verursachte. Sie brütete über den Daten auf ihrem Computer und versuchte herauszufinden, warum das Protein in der Komponente zu instabil war und nicht länger als vierundzwanzig Stunden hielt. Da klingelte ihr Handy.

Sie warf einen Blick auf das Display. *Unbekannter Anrufer*, hieß es. Sie ging ran. „Hallo?"

„Miss Davis? Miss Lilly Davis?", fragte der Mann am anderen Ende der Leitung.

„Ja, das bin ich."

Wenn das ein Verkäufer war, würde sie das Gespräch sofort beenden.

„Ich bin Henry Sheppard. Sie haben mir eine Nachricht hinterlassen."

Sofort war Lilly voll und ganz auf den Anruf konzentriert, ihre Laborarbeit vergessen. „Mr. Sheppard, danke, dass Sie zurückrufen. Ich wollte mit Ihnen über meinen Cousin Thomas Reed sprechen. Soweit ich weiß, hat er für Sie gearbeitet?" Zumindest war das ihre Vermutung. Sie senkte die Stimme und fügte flüsternd hinzu: „Für die CIA."

Sie warf einen Blick ins Labor, aber keiner ihrer Assistenten war nahe genug an der offenen Bürotür, um ihre Unterhaltung belauschen zu können.

„Ich kann Ihre Aussage weder bestätigen

noch dementieren", sagte Sheppard ausweichend.

„Ich habe seinen Ausweis gefunden", fuhr sie fort. „Ich habe Fragen."

„Welche Fragen?"

„Wie er starb und warum er eingeäschert wurde."

„Ich fürchte, diese Informationen sind geheim, Miss Davis."

„Also hat er für die CIA gearbeitet?"

Sheppard räusperte sich. „Ich kann Ihnen nichts zu Thomas Reed sagen."

„Warum nicht?"

„Es geht um die nationale Sicherheit"

„Sagen Sie mir wenigstens, woran er gestorben ist. Ich habe versucht, seine Sterbeurkunde zu finden, aber anscheinend hat sein Vater nie eine erhalten. Ich muss die Sterbeurkunde sehen."

„Miss Davis, ich schlage vor, Sie lassen das auf sich beruhen. Ihr Cousin ist tot, und es wird nichts Gutes dabei herauskommen, wenn Sie Ihre Nase in Regierungsangelegenheiten stecken."

„Das ist keine Regierungsangelegenheit. Es

geht um meine Familie. Mein Cousin ist tot und wurde gegen seinen Willen verbrannt. Ich glaube, man schuldet mir eine Erklärung."

Die Leitung blieb still und Lilly fragte sich, ob Sheppard aufgelegt hatte.

„Mr. Sheppard?"

„Ihr Cousin ist während einer Trainingseinheit gestorben. Ein tragischer Unfall."

Sie wollte mehr wissen. „Was ist passiert?"

„Die Details sind geheim. Ich habe Ihnen schon mehr erzählt, als ich sollte."

„Und seine Sterbeurkunde? Haben Sie die?"

„Ich fürchte, das liegt außerhalb meines Verantwortungsbereichs. Mein Beileid, Miss Davis. Einen schönen Tag noch."

Er beendete das Gespräch, bevor sie noch etwas sagen konnte.

Frustriert warf sie ihr Handy auf den Schreibtisch. „Verdammt!"

Sie war mit Sheppards Antworten nicht zufrieden. Eine Trainingseinheit? Das konnte alles mögliche bedeuten. Außerdem stimmte es nicht mit dem überein, was Deja erwähnt hatte – dass eine ansteckende Krankheit die Ursache war. Doch beides erklärte nicht, wie Thomas gestorben und warum er eingeäschert worden war. Sie musste seine Sterbeurkunde finden. Die würde ihr zumindest seine Todesursache verraten und auch, wo er gestorben war.

Lilly führte eine schnelle Google-Suche durch, um die Daten des zuständigen Standesamtes DC Vital Records Division zu finden. Sie wählte die Nummer für Auskünfte und landete bei einer Bandansage.

„Sie haben die DC Vital Records Division erreicht. Ihre Wartezeit beträgt fünfundvierzig Minuten. Wenn Sie ein Dokument anfordern möchten, besuchen Sie bitte unsere Website unter dchealth.dc.gov/vital-records und füllen Sie das Anforderungsformular aus. Senden Sie uns dieses, nachdem Sie die Gebühr bezahlt haben, zusammen mit einem Identitätsnachweis und einem Nachweis, in welcher Beziehung Sie zu der Person stehen, deren Auskunft Sie anfordern. Eine Kopie der Urkunde wird Ihnen innerhalb von vier Wochen zugesandt. Vielen Dank, dass Sie sich an die DC Vital Records Division gewendet haben."

Lilly beendete das Gespräch. „Vier Wochen? Wollt ihr mich verarschen?", fluchte sie mit zusammengebissenen Zähnen.

Da sie keine Wahl hatte, speicherte sie den Link zum Online-Formular. Nach der Arbeit würde sie es ausfüllen und zusammen mit den geforderten Unterlagen hochladen. Sie blickte auf die Mappe, die sie zusammengestellt hatte und die alles enthielt, was sie über Thomas' Tod wusste. Sie blätterte sie noch einmal durch und betrachtete alles mit anderen Augen. Da war die Einäscherungsurkunde. Sie sah sie sich noch mal genauer an. Ein Bestattungsunternehmen namens *Peaceful Rest* hatte sie ausgestellt. Es lag nicht allzu weit vom Labor entfernt.

Lilly sah auf die Uhr. Es war fast Mittag. Sie zog ihren Laborkittel aus, schnappte sich die Akte und ihre Handtasche. Als sie ihr Büro verließ, sagte sie zu einem ihrer Labortechniker: „Andrew, ich mache eine längere Mittagspause."

Andrew sah von seiner Arbeit auf. „Bis später.“

Draußen ging sie über den kleinen Parkplatz neben dem vierstöckigen Gebäude, in dem sich Delta Labs befand, und steuerte auf das Parkhaus zu. Sie parkte lieber in der fünfstöckigen Garage, weil sich so ihr Auto in den Sommermonaten nicht wie eine Sauna aufheizte. Lilly sprang in ihren Wagen und fuhr zum Bestattungsinstitut. Sie parkte auf dem Parkplatz davor. An das Bestattungshaus war kein Friedhof angeschlossen. Sie wusste mit Sicherheit, dass zu dem Friedhof, auf dem Thomas' Asche beigesetzt worden war, ein Bestattungsinstitut gehörte, obwohl sie sein Grab bisher nicht besucht hatte. Seit ihrer Rückkehr hatte sie noch keine Zeit gehabt. Warum war Thomas bei *Peaceful Rest* eingeäschert worden und nicht in dem Bestattungsinstitut des Friedhofs, auf dem seine Asche beigesetzt worden war? Warum nicht alles am selben Ort?

Lilly betrat das viktorianische Gebäude, das *Peaceful Rest* beherbergte durch die Doppeltür und stand in einem großen Foyer.

Zu ihrer Linken bemerkte sie einen großen Raum, in dem Dutzende von schwarz gekleideten Menschen versammelt waren. Sie sah einen Sarg, auf dem Blumen drapiert waren. Aus dem Zimmer ertönte gedämpfte Musik.

Lilly sah sich um, als ein Mann in einem dunklen Anzug auf sie zukam.

„Guten Tag, Ma'am, mein herzlichstes Beileid", sagte er und griff nach ihrer Hand. „Bitte nehmen Sie drinnen Platz. Wir fangen gleich an."

„Äh, ich, äh, ich bin nicht wegen der Beerdigung hier", sagte sie. „Ich wollte mit jemandem im Büro sprechen."

„Oh, mein Fehler", sagte der Mann schnell und deutete auf einen Korridor. „Das Büro ist hinter der letzten Tür rechts."

Lilly nickte dankend und ging dann in die Richtung, die er angegeben hatte. Sie klopfte an die Bürotür und trat ein. Hinter einem sehr sauberen und aufgeräumten Schreibtisch saß eine junge Frau in dezenter Kleidung. Ihr Haar war zu einem Knoten hochgebunden und ihr Make-up unauffällig.

„Hallo", sagte Lilly. „Ich habe eine Frage. Könnten Sie mir bitte helfen?"

Die Frau sprang von ihrem Platz auf und ging um den Schreibtisch herum. „Natürlich, Madam. Ich bin Caroline McDermott." Sie schüttelte Lilly die Hand. „Bitte nehmen Sie Platz."

„Danke, aber es handelt sich nur um eine kurze Frage", sagte Lilly. „Mein Cousin wurde hier eingeäschert und ich möchte mehr darüber erfahren."

Ms. McDermott runzelte die Stirn. „Oh? War Ihre Familie mit unseren Dienstleistungen nicht zufrieden? Wenn es etwas gibt, das nicht –"

„Nein, nein, das ist es nicht", unterbrach Lilly. „Ich möchte nur herausfinden, wer die Einäscherung bestellt hat. Wissen Sie, ich war außer Landes, als mein Cousin starb und mein Onkel, äh, der Vater des Verstorbenen hat Demenz ... also ..."

„Kein Problem. Wie hieß Ihr Cousin?"

„Thomas Reed."

Ms. McDermott setzte sich wieder hinter ihren Schreibtisch und tippte etwas auf ihrer

Tastatur. Einen Moment später sah sie Lilly an. „Es tut mir leid, Ma'am, aber es gibt keine Aufzeichnungen darüber, dass ein Thomas Reed hier eingeäschert wurde. Sind Sie sicher, dass Sie im richtigen Bestattungsunternehmen sind?"

„Ich bin mir sicher." Lilly kramte in ihrer Handtasche und zog die Einäscherungsurkunde heraus. „Ich habe das in den Papieren meines Onkels gefunden, die Bestätigung, dass Thomas hier eingeäschert wurde."

„Darf ich?"

Lilly reichte ihr das Zertifikat und Ms. McDermott sah es sich an.

„Nun, das ist definitiv unser Name und die Adresse stimmt auch, aber ..." sie warf Lilly einen bedauernden Blick zu, „das ist nicht unser Briefpapier. Die Unterschrift ist gefälscht. Wir haben dieses Zertifikat nicht ausgestellt."

Verblüfft starrte Lilly sie an. „Sind Sie sicher?"

„Einhundert Prozent." Ms. McDermott zeigte auf das Dokument. „Wir sind ein

Familienunternehmen. Es gibt nur zwei Personen in diesem Büro, und ich bin eine davon. Die andere ist mein Vater. Dieses Dokument ist eine Fälschung. Es tut mir leid, Ma'am.“

Sprachlos nickte Lilly Caroline McDermott dankend zu und verließ das Büro. Warum hatte jemand die Urkunde gefälscht? Was wäre der Sinn? Hier stank etwas. Was war an Thomas' Tod so wichtig, dass jemand eine Einäscherungsurkunde fälschen musste?

Was gab es zu verbergen?

5

Zu Jacks Überraschung fand er Thomas Reeds Aufenthaltsort zwei Tage nachdem er sich mit Ace und Fox in Sheppards altem Haus getroffen hatte. Er starrte auf die Urnentafel auf dem *Shaded Pine Cemetery*, einem kleinen Friedhof am Stadtrand von Washington D. C. Thomas war tot. Dem Todestag nach zu urteilen, war es Thomas gelungen, sich über drei Jahre lang vor seinen Verfolgern zu verstecken. Sie hatten ihn vor zwei Monaten eingeholt.

Oh Thomas, dachte Jack, warum konntest du nicht noch zwei Monate durchhalten?

Warum hatte Thomas sich nicht noch länger verstecken können? Wie hatten sie ihn schließlich erwischt? Zu viele Fragen gingen Jack durch den Kopf, als er den Stein betrachtete, hinter dem Thomas' Asche aufbewahrt wurde. Asche – Bei diesem Wort tauchte eine Erinnerung auf. Thomas hatte eine Phobie, die vom Tod seiner Mutter herrührte: Feuer. Warum war er dann eingeäschert worden? Das ergab keinen Sinn. Sie hatten oft darüber gesprochen, als sie in Konfliktgebieten auf der ganzen Welt eingesetzt waren. Thomas hatte ihm das Versprechen abgenommen, dass er, sollte er im Kampf getötet werden, begraben und nicht verbrannt werden sollte.

War das ein Zeichen, dass etwas nicht stimmte? Hatte Thomas seinen Tod inszeniert, um sich seine Feinde vom Hals zu halten? Hatte er vorgehabt, seinen Freunden, insbesondere Jack, eine Nachricht zu hinterlassen, indem er seine Einäscherung vortäuschte? Das war, gelinde gesagt, seltsam und eine Ermittlung wert.

Jack wusste sofort, wo er anfangen musste:

bei Thomas' Vater. Wenn irgendjemand die Wahrheit über Thomas' Tod kannte, dann William Reed – falls er noch lebte.

Eine Stunde später fand sich Jack vor einer Einrichtung für betreutes Wohnen wieder. Er überprüfte die Adresse, die er online gefunden hatte. Nein, es gab keinen Zweifel: Will Reed lebte jetzt in einem Altersheim. Auch dies war eine Überraschung. Schließlich hatte Thomas' Vater, ein grimmiger, selbstständiger Mann, vor Jahren geschworen, dass sie ihn in einer Kiste aus seinem Haus tragen müssten. Was hatte ihn also dazu bewogen, in eine Altenpflegeeinrichtung zu ziehen?

Jack betrat das einstöckige Gebäude. Im Inneren herrschte eine fröhliche, luftige Atmosphäre, anders als in einem Krankenhaus. Im Foyer spielte sanfte Musik und ein Rezeptionstresen, der aussah, als gehöre er in ein Wellness-Spa, war von einem freundlichen jungen Mann besetzt.

„Willkommen bei *Sunset Living*, ich bin Robbie. Wie kann ich Ihnen helfen?"

„Guten Tag", sagte Jack. „Ich bin hier, um

einen alten Freund der Familie zu besuchen, Mr. William Reed.“

„Ah ja, einer unserer neueren Bewohner.“ Robbie lächelte und deutete auf ein Klemmbrett, das auf dem Tresen lag. „Bitte tragen Sie sich ein und ich muss auch Ihren Ausweis sehen.“

Jack nahm den Stift und schrieb einen gefälschten Namen auf das Formular, fischte dann den dazu gehörenden falschen Führerschein heraus und gab ihn dem Angestellten.

Robbie warf einen Blick darauf, verglich ihn mit dem Namen, den Jack aufgeschrieben hatte und gab ihn zurück. „Bitte sehr, Mr. Duke. Ich bringe Sie zu Mr. Reeds Suite.“

„Danke, ich weiß das zu schätzen.“

Robbie stand auf und deutete auf einen der beiden Korridore. Jack folgte ihm.

„In ein paar Minuten wird es einen Vormittagssnack für die Bewohner geben und Sie sind herzlich eingeladen, sich Mr. Reed anzuschließen.“

„Danke.“

„Er bekommt nicht viele Besucher, wissen Sie. Sie sagten, Sie seien ein alter Freund der Familie?", plauderte Robbie ein wenig zu eifrig, als versuche er, ihn auszufragen.

Aber vielleicht war Jack nur ein wenig paranoid. Mehr als drei Jahre im Verborgenen zu leben, konnte das einem Mann antun.

„Ja, mein Vater und Mr. Reed waren Freunde", log Jack.

„Ach, das ist schön. Vielleicht können Sie bei Ihrem nächsten Besuch Ihren Vater mitbringen."

Jack zwang sich zu einem freundlichen Lächeln. „Mein Vater ist leider kürzlich gestorben."

„Es tut mir leid, das zu hören." Robbie blieb vor einer Tür stehen. „Hier sind wir." Er klopfte, öffnete dann die Tür und trat ein. „Mr. Reed, Sie haben Besuch."

Jack betrat den Raum hinter Robbie.

„Ein Mr. Duke ist für Sie da", sagte Robbie.

Jacks Blick fiel auf den alten Mann, der in einem Sessel saß und aus dem Fenster schaute, als hätte er sie nicht gehört. Er sah gebrechlich aus, seine Schultern nach vorne gebeugt, die Hände schlaff in seinem Schoß liegend.

„Ich kenne keinen Duke", sagte Reed plötzlich.

Scheiße! Natürlich – Reed kannte weder diesen falschen Namen noch sein neues Gesicht. „Äh, er spielt immer noch das alte Spiel: so zu tun, als würde er mich nicht kennen."

Robbie sah Jack an und trat einen Schritt näher. Und Jack war bereit, alles Notwendige zu tun, sollte Robbie ihm nicht glauben und Probleme verursachen.

„An manchen Tagen geht es ihm besser als an anderen", sagte Robbie leise. „Aber seine Demenz scheint mit jedem Tag schlimmer zu werden."

„Demenz?"

„Ach, Sie wussten das nicht? Ja, leider schreitet die Krankheit sehr schnell voran." Robbie zeigte auf Reed. „Setzen Sie sich einfach zu ihm und reden Sie mit ihm. Viele unserer Alzheimer-Patienten scheinen sich viel besser an die ferne Vergangenheit zu erinnern, als an das, was sie zum Frühstück hatten. Ich lasse Sie allein."

Jack nickte. Robbie verließ den Raum und schloss die Tür hinter sich.

Jack sah sich um. Das Zimmer war gemütlich eingerichtet mit Bett und Nachttisch, einem Sofa mit zwei Sesseln und einem Wohnzimmertisch. Die Suite hatte einen großen Einbauschrank und ein eigenes Badezimmer. An den Wänden hingen ein paar Familienbilder.

„Mr. Reed", sagte Jack und ging auf Thomas' Vater zu. „Ich bin ein Freund von Thomas aus der Armee."

Reed wandte den Kopf, um ihn anzusehen. In seinen Augen glomm kein Erkennen auf und einen Moment später drehte er seinen Kopf wieder zurück, um aus dem Fenster zu schauen.

„Ich bin Jack. Jack Porter."

„Ich kannte mal einen Jack", sagte Reed plötzlich. „Ich glaube ... mein Bruder, ... er war Soldat."

Jack seufzte. Er wusste, dass Reed einen

Bruder und eine Schwester gehabt hatte. Aber der Name seines Bruders war nicht John oder Jack gewesen, sondern Michael. Und er war Zahnarzt, nicht Soldat. Es war klar, dass Reeds Demenz ziemlich weit fortgeschritten war. Selbst wenn Thomas seinen Tod inszeniert und sich seinem Vater anvertraut hätte, war es unwahrscheinlich, dass Reed ihm noch irgendwelche Informationen liefern könnte.

Wenn Jack auf ihn eingehen würde, könnte er vielleicht einige Erinnerungen in dem alten Mann wachrufen. „Ja, dein Bruder. Erinnerst du dich an mich? Ich bin aus dem Krieg zurückgekommen."

Ein Lächeln breitete sich auf Reeds Gesicht aus. „Das Steak war verbrannt. Du hast es zu lange auf dem Feuer gelassen."

„Beim letzten BBQ, oder?", sagte Jack. In den Worten, die Reed gesprochen hatte, steckte ein Körnchen Wahrheit. Beim BBQ der Familie Reed, zu dem Jack kurz vor seinem Eintritt in die CIA eingeladen worden war, hatte es einen kleinen Zwischenfall gegeben, als Jack am Grill stand.

„Ich sollte aufpassen, dass die Flammen

nicht zu hoch schlagen." Aber ein schönes Mädchen war angekommen und er hatte sich ablenken lassen. Er hatte sie sofort erkannt, obwohl er ihr noch nie zuvor begegnet war. Thomas hatte ihm während des Einsatzes viele Bilder von ihr gezeigt und Geschichten über seine Cousine erzählt, was Jack das Gefühl gegeben hatte, sie bereits zu kennen. „Deine Nichte war da."

„Nichte?" Es schien, als hätte er das Wort nicht verstanden.

„Lilly", half Jack.

„Lilly. Eine schöne Blume. Mein Garten ... alle Blumen blühen."

Jack schluckte seine Enttäuschung herunter. Reed würde ihm nichts Nützliches sagen können. Es war traurig, ihn so zu sehen. Kein Wunder, dass er jetzt in einer Einrichtung für betreutes Wohnen lebte. Er konnte nicht mehr allein bleiben. Er brauchte Vollzeitpflege.

Trotzdem musste Jack es noch einmal versuchen.

„Thomas ist weg. Weißt du, wohin er verschwunden ist?"

Plötzlich drehte Reed seinen Kopf zu Jack

und sah ihm in die Augen. „Thomas?" Eine Träne rollte seine Wange herunter. „Sie haben ihn erwischt."

„Wer?"

„Sie bekommen sie am Ende immer. Sie sind überall." Reed warf einen Blick zur Tür. „Sogar hier. Sie sind hier in meinem Haus ... ich hätte es wissen müssen ... er hätte nicht kommen dürfen."

„Thomas? Thomas hätte nicht kommen dürfen?"

„Sie hat mich angelogen. Sie war es."

„Wer? Wer hat dich angelogen?"

„Ich muss seine Freunde warnen. Sie sind hinter ihnen her."

„Thomas' Freunde? Musst du die Freunde von Thomas warnen?"

„Wer bist du?"

„Ich bin Jack. Ich bin Thomas' Freund."

Reed schüttelte den Kopf. „Die Regierung hat dich geschickt. Die Regierung hat sie auch geschickt. Sie haben mich ausgetrickst. Und Thomas hat dafür bezahlt. Wegen mir haben sie ihn gefunden."

Er begann plötzlich auf seinem Sessel vor-

und zurück zu schaukeln, sichtlich verstört. Jack griff nach seiner Hand und drückte sie.

„Es tut mir leid, Mr. Reed. Es tut mir leid, dass Thomas weg ist." Trotz der wirren Dinge, die Reed sagte, waren seine Gefühle echt und deuteten die Wahrheit an. Thomas war wirklich tot.

„Es ist meine Schuld." Er griff nach einem Foto, das auf dem Fensterbrett stand. „Mein Fehler."

Jack betrachtete das Foto. Es war am Tag des BBQ vor fast sieben Jahren aufgenommen worden. Das Foto zeigte Reed, seinen Sohn Thomas, seine Nichte Lilly und einen anderen Mann, an dessen Namen Jack sich nicht erinnern konnte. Am Morgen nach der Aufnahme musste Jack sich sofort bei der CIA melden. Henry Sheppard hatte ihm das Angebot gemacht, an seinem streng geheimen Stargate-Programm teilzunehmen. Aber es war an eine Bedingung geknüpft: Er musste sein bisheriges Leben hinter sich lassen und alle Verbindungen zu Freunden und Familie sofort abbrechen.

Jack richtete seinen Blick nun auf Lilly. Sie war das Einzige, was er mit Bedauern zurückgelassen hatte. Die Nacht, die er nach dem Grillen in ihren Armen verbracht hatte, hatte in ihm ein Verlangen geweckt, das er nie stillen konnte. Die Begierde, Lilly zu seiner zu machen. Alles, was sie hatten, war diese eine Nacht.

Er schüttelte den Kopf. Er war kein Träumer. Diesen Luxus konnte er sich nicht leisten.

„Mr. Reed, ich ...“

Jack beendete den Satz nicht. Tatsächlich wusste er nicht einmal mehr, was er Reed sagen wollte, denn plötzlich verschwamm seine Umgebung. Vor seinen Augen lief ein Film ab. Er wusste, was es war: eine Vorahnung. Er hatte die Gabe des Hellsehens, genau wie seine Stargate-Kollegen. Das war der eigentliche Grund, warum er und die anderen präkognitiven Agenten gejagt wurden.

Er erkannte Lilly sofort. Sie hatte sich in den sieben Jahren seit ihrer gemeinsamen Nacht nicht sehr verändert. Wenn überhaupt, war sie noch schöner geworden. Ihr blondes

Haar hatte die Farbe von Weizen. Sie trug es jetzt etwas kürzer als damals, aber es berührte immer noch ihre Schultern und die weichen Locken umrahmten ihr zartes Gesicht. Ihre Lippen waren voll und rot, obwohl er erkennen konnte, dass sie keinen Lippenstift aufgelegt hatte. Lange Wimpern betonten immer noch ihre hellgrauen Augen.

Lilly trug einen weißen Kittel, wie ihn medizinisches Personal trug. Als er sie kennengelernt hatte, arbeitete sie bereits im dritten Jahr ihrer Assistenzzeit am Johns-Hopkins-Hospital in Baltimore. Thomas war so stolz auf sie gewesen. Jack konzentrierte sich auf die Vision, die sich vor seinem inneren Auge abspielte. Lilly ging über eine Plaza zu einem Imbisswagen. Sie bestellte Essen und bezahlte es, trat dann zur Seite und setzte sich auf eine Bank, während ihre Bestellung zubereitet wurde. Jack konnte den Namen auf dem Imbisswagen lesen: *Jose's Enormes Tacos*. Dort stand noch mehr medizinisches Personal in einer Schlange, um Bestellungen aufzugeben. In der Zwischenzeit klingelte

Lillys Handy. Sie fischte es aus ihrer Handtasche und ging ran.

„Hallo?" Sie hielt einen Moment inne. Dann sagte sie noch einmal: „Hallo?" Ein paar Sekunden später zuckte sie mit den Schultern und steckte das Telefon wieder in ihre Tasche.

Es dauerte noch eine Weile, bis jemand vom Imbisswagen Lillys Namen rief. „Lilly, drei Rindfleisch-Tacos."

Lilly sprang auf und ging zum Imbiss. Da sah Jack es: einen roten Punkt auf Lillys Stirn. Die Kugel traf ohne jeden Laut. Lilly sackte auf der Stelle zusammen. Jack wollte die Vision zwingen, ihm das Versteck des Scharfschützen zu zeigen, aber die Szene vor seinen Augen verschwamm bereits.

Einen Augenblick später sah er Reed wieder an und erkannte, dass dieser ihn anstarrte.

„Thomas, Sohn?"

„Ich liebe dich, Dad", erwiderte Jack, denn er wusste, dass der alte Mann diese Worte hören musste, auch wenn er nicht Thomas war. „Ich muss gehen."

„Lass sie nicht gewinnen."

Das würde er nicht. Denn jetzt war die Sache noch persönlicher geworden. Lilly war in Gefahr und Jack würde Himmel und Hölle in Bewegung setzen, um sie vor dem unbekannten Attentäter zu retten.

6

Lilly stand in ihrem Büro am Fenster und sah auf die Plaza darunter. Dort standen zwei Imbisswagen, die gegen zehn Uhr morgens angekommen waren und sich auf die Mittagszeit vorbereiteten. Büro- und Labormitarbeiter, die ihre Mahlzeit gerne im Freien einnahmen, fanden dort Schatten unter Bäumen auf einer der vielen Bänke. Delta Labs hatte auch mehrere Kunstwerke bei lokalen Künstlern in Auftrag gegeben, um die Gegend weniger steril aussehen zu lassen, nicht wie einen langweiligen Büropark am Stadtrand von Bethesda.

Lilly hatte mehrere Nachrichten für Henry Sheppard von der CIA hinterlassen, nachdem sie zwei Tage zuvor das Bestattungsunternehmen besucht hatte. Er hatte sie immer noch nicht zurückgerufen. Aber so schnell würde sie nicht aufgeben. Sie nahm ihr Handy und wählte Sheppards Nummer erneut. Wieder erreichte sie nur seine Mailbox.

„Mr. Sheppard. Hier ist nochmals Lilly Davis. Wie ich gestern und vorgestern schon sagte, war die Bescheinigung über die Einäscherung von Thomas Reed eine Fälschung. Das hat das Bestattungsinstitut mir bestätigt. Ich finde das höchst verdächtig, und da Sie die einzige Person zu sein scheinen, die Informationen über den Tod meines Cousins hat, muss ich mit Ihnen sprechen. Etwas stimmt nicht, oder warum sollte jemand das Dokument fälschen? Sie haben meine Nummer."

Dann beendete sie das Telefonat. Einen Moment später klingelte ihr Handy.

„Ja?"

„Hier ist Peter Lancaster vom *Shaded Pine*

Cemetery. Spreche ich mit Ms. Davis?", sagte der Mann am anderen Ende der Leitung.

„Ja, danke für Ihren Rückruf." Am Nachmittag zuvor hatte sie auf dem Friedhof, wo Thomas begraben worden war, eine Nachricht hinterlassen.

„Kein Problem. Ich habe Ihre Anfrage bezüglich Ihres Cousins Thomas Reed überprüft. Ich fürchte, ich habe nicht viel gefunden. Er wurde in einer anderen Einrichtung eingeäschert und die Asche und die Einäscherungsurkunde wurden uns zusammen übergeben."

„Wissen Sie, wer Ihnen die Asche geschickt hat?"

„Hmm. Das Übertragungsdokument wurde von William Reed unterzeichnet. Ich glaube, das ist der Vater des Verstorbenen."

„Sind Sie sicher?"

„Ja. Er war auch derjenige, der den Platz in unserer Urnenwand und den jährlichen Pflegeplan bestellt hat."

„Persönlich?"

„Ich bin mir nicht sicher. Viele unserer älteren Kunden rufen eher an, als persönlich vorbeizukommen, wissen Sie. Aber das Dokument wurde von Mr. Reed unterschrieben."

„Können Sie mir vielleicht ein Foto des Dokuments per SMS schicken?"

„Natürlich. Ich schicke es Ihnen sofort. Brauchen Sie sonst noch etwas?"

„Nein, vielen Dank."

Ein paar Sekunden nach dem Ende des Anrufs gab ihr Telefon ein Ping von sich und kündigte den Eingang einer SMS an. Sie klickte auf das Foto und zoomte hinein, damit sie die Unterschrift lesen konnte. Auf den ersten Blick sah sie aus wie die ihres Onkels, aber sie wusste, dass sie nicht echt sein konnte. Vor einem Jahr hatten Will Reeds Hände angefangen zu zittern und die Ärzte glaubten, dass er an Parkinson erkrankt war. Ihr Onkel hätte das Dokument niemals so ordentlich unterschreiben können. Seine zitternden Hände hätten ihn daran gehindert. Jemand hatte seine Unterschrift gefälscht. Wegen der verblüffenden Ähnlichkeit mit seiner Unterschrift vor der Erkrankung vermutete Lilly, dass jemand sie von einem offiziellen Dokument und auf das Schriftstück kopiert hatte, das *Shaded Pine Cemetery* erhalten hatte.

Sie war in einer Sackgasse gelandet. Ohne die Sterbeurkunde konnte sie nicht weiter nachforschen. Die DC Vital Records Division hatte ihr eine automatisierte E-Mail geschickt, in der ihr bestätigt wurde, dass sie ihre Anfrage auf Thomas' Sterbeurkunde erhalten hatten. Aber sie schrieben nicht, wie lange die Erledigung dauern würde.

Der USB-Stick, den sie in Thomas' Zimmer gefunden hatte, war auch keine Hilfe gewesen. Er enthielt keinerlei Daten.

Lilly starrte aus dem Fenster. Aufgrund der Lage von Delta Labs weit außerhalb der Innenstadt von Bethesda gab es eine sehr begrenzte Auswahl an Restaurants. Unten auf der Plaza wurde es geschäftig. Lillys Magen knurrte unwillkürlich. Zeit, eine Pause einzulegen und etwas zu essen, bevor die Schlangen an den einzigen zwei Imbisswagen zu lang wurden. Ein Taco von dem beliebten Taco-Truck auf der Plaza war genau das, was sie jetzt brauchte.

Sie schnappte sich ihre Handtasche, steckte ihr Handy hinein und ging durch das Labor.

„Ich gehe runter zum Mittagessen", kündigte sie dem Laborpersonal an. „Möchte jemand etwas vom Taco-Truck?"

Mehrere Neins schallten ihr entgegen.

„Andrew? Wie steht's mit dir?", fragte sie, da er nicht geantwortet hatte.

Er sah von seiner Arbeit hoch. „Nein danke, Lilly, ich faste heute."

„Gut für dich", sagte Lilly und ging nach draußen.

Anstatt mit dem Aufzug nach unten zu fahren, entschied Lilly sich für die Treppe. Ein wenig Bewegung tat ihr gut. Sie konnte immer noch nicht fassen, dass ihr Cousin ein CIA-Agent gewesen war. Und sie hatte geglaubt, er hätte in ausländischen Kriegen mit der Armee für sein Land gekämpft. In Wahrheit hatte er seinem Land auf andere Art und Weise gedient. Warum hatte er ihr nie anvertraut, was er wirklich tat? Schließlich hatten sie sich so nahe gestanden.

„Was darf's für Sie sein?", fragte der Typ im Taco-Truck.

Lilly hatte sich noch nicht einmal die Speisekarte angesehen, die außen am Imbisswagen hing. Sie bestellte immer das Gleiche. „Drei Rindfleisch-Tacos."

„Name?"

„Lilly."

Sie reichte ihm ihre Kreditkarte, er zog sie durch das Gerät und ließ sie dann die Quittung unterschreiben. Sie trat beiseite, um der Person hinter ihr Platz zu machen. Ein paar Meter entfernt gab es eine leere Bank. Nicht weit dahinter stand eine große Skulptur aus verschiedenfarbigem Glas. Sie stellte ein Herz dar.

Lilly ging zur Bank und setzte sich. Sie ließ die Sonnenstrahlen ihr Gesicht liebkosen und atmete tief durch. Ihre Gedanken wanderten zurück zu Thomas. Sie konnte immer noch nicht glauben, dass er ein CIA-Agent gewesen war. Und eindeutig ein guter, denn nicht einmal sie hatte vermutet, dass er ein Geheimnis vor ihr hatte. Was genau hatte er bei der CIA getan?

Das Klingeln ihres Handys riss sie aus den Gedanken. Sie schaute auf das Display, aber da stand nur *Unbekannter Anrufer*. Rief Henry Sheppard sie endlich zurück?

„Hallo?"

In der Leitung war ein Rauschen zu hören und eine verzerrte Stimme, aber sie konnte nicht verstehen, was die Person sagte.

„Hallo?", wiederholte sie, aber das Rauschen in der Leitung wurde immer schlimmer.

Sie zuckte mit den Schultern und beendete den Anruf, bevor sie das Handy wieder in ihre Handtasche steckte.

Genau in diesem Moment rief jemand vom Imbisswagen ihren Namen. „Lilly, drei Rindfleisch-Tacos."

7

„Verdammt!", fluchte Jack, während er aus dem Auto sprang.

Er hatte herausgefunden, wo das Attentat auf Lilly mutmaßlich erfolgen würde, indem er bei *Jose's Enormes Tacos* angerufen und gefragt hatte, wo ihr Truck heute geparkt sei. Unter Missachtung aller möglichen Verkehrsregeln war er dorthin gerast. Er hatte allerdings keine Ahnung, wann das Attentat geschehen würde, obwohl er – der Menge der Kunden beim Taco-Truck nach zu urteilen – annehmen musste, dass es um die Mittagszeit herum passieren würde.

Im Auto hatte er Lillys Handynummer probiert, die sie ihm vor sieben Jahren gegeben hatte. Sie war noch aktiv, aber der Anruf ging direkt auf die Voicemail. Er machte sich nicht die Mühe, eine Nachricht zu hinterlassen, denn wenn er Lilly nicht rechtzeitig erreichte, würde sie diese ohnehin nie erhalten. Er rief weiter an, bis er endlich durchkam.

Obwohl er ihre Stimme hörte, verhinderte ein Rauschen in der Leitung, Lilly zu verstehen.

„Lilly, lauf zurück ins Gebäude!", warnte er sie und hoffte, dass sie ihn über das Rauschen hinweg hören konnte. „Jemand versucht, dich zu erschießen."

„Hallo?", hörte er durch das Rauschen, was bestätigte, dass sie ihn nicht gehört hatte.

„Verdammt! Verdammt! Verdammt!"

Jack sah, dass Lilly bereits auf der Bank saß und sprintete auf sie zu. Nur noch ein paar Meter. Er kollidierte fast mit einem Teenager, der Kopfhörer aufhatte, konnte ihm aber in letzter Sekunde ausweichen. Jack rannte an ihm vorbei und sah dann entsetzt, dass Lilly von der Bank aufstand. Jemand vom Taco-

Truck hatte ihren Namen gerufen. Jetzt hatte er nur noch Sekunden.

Jack war drei Meter von ihr entfernt, als er den roten Punkt auf ihrer Stirn sah. Sein Herz blieb stehen, doch sein Körper nicht. Er stürzte sich auf sie und riss sie zu Boden. Im gleichen Moment hörte er, wie Glas zerbrach. Er blickte auf. Die Kugel hatte mehrere Meter hinter der Bank eine Glasskulptur getroffen.

„In Deckung!", rief Jack den Leuten auf der Plaza zu.

Das Zerplatzen der Glasskulptur hatte alle alarmiert, und die Leute schrien und rannten in alle Richtungen. Unter ihm stöhnte Lilly.

„Wir müssen hier weg", sagte Jack und erhob sich von Lilly, während er über seine Schulter blickte. Da die Kugel die Skulptur hinter der Sitzbank getroffen hatte, war es leicht zu erraten, von wo der Attentäter geschossen hatte. „Duck dich."

Lilly wirkte benommen, aber er hatte keine Zeit, sich zu vergewissern, dass der Sturz sie nicht verletzt hatte. Der Schütze war immer noch auf einer der oberen Etagen im Parkhaus und zielte auf sie. Jack packte Lilly und zog sie mit sich. Ein weiterer Schuss fiel, aber Jack hatte Lilly bereits hinter den Taco-Truck und aus der Schusslinie geschubst. Im Schutz des Trucks holte er tief Luft und ließ seinen Blick über Lilly schweifen. Sie sah zerzaust aus und ihre Knie waren aufgeschürft, aber ansonsten wirkte sie unverletzt.

„Oh mein Gott! Was geht hier vor sich?", fragte Lilly atemlos und mit Panik in der Stimme.

„Ich bringe dich von hier weg. Zieh deinen Laborkittel aus."

„Warum?" Sie warf ihm einen verwirrten Blick zu.

Er zeigte zu der Stelle, an der er sein Auto geparkt hatte. „Wir müssen uns in Sicherheit bringen. Und ohne deinen Laborkittel wird dich der Schütze nicht sofort erkennen." Er zerrte bereits an ihrem Kittel und half mit, ihn auszuziehen. Dann nahm er ihren Arm und half ihr im Schatten des Taco-Trucks auf.

„Meine Handtasche", sagte sie und sah suchend zu Boden.

Jack bückte sich und reichte sie ihr. Dann schaute er in Richtung seines Fahrzeuges und machte sich mit allem vertraut, was Deckung bieten konnte: ein paar kleinere Bäume, Mülleimer und ein paar Autos.

„Mein Auto ist der rote Toyota." Er zeigte darauf. „Siehst du ihn?"

„Ja."

„Da rennen wir so schnell wie möglich hin."

Viele Leute liefen schreiend von der Plaza. Er hoffte, dass dieses Chaos es dem Schützen schwerer machte, sein Ziel zu finden.

„Bereit?"

Sie nickte.

Er nahm Lillys Hand und rannte los, wobei er die Bäume zwischen dem Taco-Truck und seinem Auto als Deckung benutzte. Ein paar Meter vor der Stelle, an der er den Wagen angehalten hatte, gab er Lilly eine weitere Anweisung.

„Steig auf der Beifahrerseite ein. Die Tür ist unverschlossen. Dann duck dich."

Sie sagte nichts, sondern rannte weiter. Jack ließ ihre Hand los und sprintete zur Fahrerseite. Aus dem Augenwinkel sah er, wie Lilly zur Beifahrertür flitzte und diese aufriss.

Jack erreichte die Fahrerseite, und als er

im Auto saß, hatte Lilly bereits die Beifahrertür zugeschlagen und duckte sich auf ihrem Sitz. Er startete den Wagen und legte den Rückwärtsgang ein.

„Festhalten."

Lilly stützte sich am Armaturenbrett ab, den Kopf zwischen die Beine gebeugt, während Jack das Auto so schnell wendete, dass die Reifen qualmten. Sekunden später erreichte er den fließenden Verkehr und entging nur knapp dem Zusammenstoß mit einem Taxi, da er auf der Einbahnstraße in die falsche Richtung fuhr. Aber es war ihm egal. Sie mussten genug Abstand zwischen sich und den Schützen bringen, bevor Jack sich um irgendetwas anderes Sorgen machen konnte.

Doch zuerst musste er sicherstellen, dass sie niemand verfolgen konnte. „Hast du dein Handy?"

„Ja."

„Gib es mir!"

Sie kramte ihr Handy aus ihrer Handtasche. „Soll ich die 911 anrufen?"

„Nein, gib es mir."

Sie reichte es ihm und er warf es aus dem Auto.

„Was zum Teufel!", fluchte sie. „Warum haben Sie das getan?"

„Damit wir nicht verfolgt werden können."

An der nächsten Ecke bog er ab. Dies war keine Einbahnstraße und endlich konnte er Luft holen. Er warf ihr einen kurzen Blick von der Seite zu.

„Lilly? Ist alles in Ordnung?", fragte er erneut und orientierte sich, um die beste Route zu finden, die sie an einen sicheren Ort bringen würde.

Verblüfft starrte sie ihn an. „Wer sind Sie und woher kennen Sie meinen Namen?"

„Ich bin Jack. Jack Porter. Ich war Thomas' Freund."

„Jack?"

Aus den Augenwinkeln sah er, dass sie den Kopf schüttelte.

„Ich kannte Jack Porter. Und Sie sind nicht Jack. Halten Sie an und lassen Sie mich raus."

„Das kann ich nicht."

8

Lilly schlug das Herz bis zum Hals. Sie wurde entführt!

Wegen der Schießerei auf der Plaza war sie immer noch in Panik. Wenn dieser Mann sie nicht aus der Schusslinie gestoßen hätte, wäre sie getötet worden. Soweit war alles klar. Aber die Schießerei, die Panik auf der Plaza, war das alles inszeniert worden, damit er sie ohne Gegenwehr entführen konnte? Und dann die Frechheit zu behaupten, er sei Thomas' Freund Jack Porter! Als ob sie nicht mehr wüsste, wie Jack aussah!

„Halten Sie sofort an! Oder ich verpasse

Ihnen einen Elektroschock!", bluffte sie und griff in ihre Handtasche.

„Wenn wirklich ein Taser in der Tasche wäre, hättest du ihn schon benutzt. Netter Versuch", sagte er.

Grinste der Typ? Was für eine Frechheit!

Offensichtlich ließ der Mann sich nicht leicht täuschen. Sie blickte nach draußen und schätzte die Geschwindigkeit des Autos ab.

„Das würde ich nicht tun. Du könntest dich dabei verletzen."

„Wobei?", entfuhr es ihr patzig.

„Aus dem fahrenden Auto zu springen." Er warf ihr einen Seitenblick zu und deutete auf ihre Beine. „Du hast sowieso schon Abschürfungen an den Knien."

Sie blickte auf ihre Beine und sah erst jetzt die Schürfwunden und das Blut. Bis gerade hatte sie den Schmerz nicht einmal gespürt, denn zu viel Adrenalin rann durch ihre Adern.

„Warum tun Sie das? Was wollen Sie? Lösegeld? Da muss ich Sie enttäuschen. Ich habe einen Berg von Studiendarlehen und keine Ersparnisse."

„Hätte ich dich dort auf der Plaza zurückgelassen, wärst du jetzt tot."

„Können Sie nicht wenigstens langsamer fahren?", fragte sie. Sie deutete durch die Windschutzscheibe. „Die Ampel ist schon gelb."

Aber er raste bei Rot über die nächste Kreuzung und erstickte damit ihre Hoffnung, dass sie entkommen könnte, während das Auto an einer roten Ampel stand.

„Lilly, atme tief durch. Ich muss uns an einen sicheren Ort bringen, bevor sie uns einholen können."

„Einholen? Der Schütze ist auf der Plaza. Sie reden, als wäre ich das einzige Ziel gewesen. Ich habe mehrere Schüsse gehört."

Er sah sie an und zum ersten Mal bemerkte sie das tiefe Blau seiner Augen. Jack hatte solche Augen gehabt. Genau diese hatten sie an jenem Tag beim Grillfest der Reed-Familie zu ihm hingezogen.

„Ja, und wenn dich der erste Schuss getroffen hätte, wären keine weiteren gefallen. Das war ein Scharfschütze und er hatte dich im Fadenkreuz. Ich habe den Laserpunkt auf deiner Stirn gesehen."

„Das ist lächerlich." Doch das Wissen, dass jemand auf sie gezielt hatte, ließ sie erschaudern. „Nein, nein … warum sollte …" Dann kamen ihr die Ereignisse der letzten Tage in den Sinn. Was, wenn dies etwas mit Thomas' Tod zu tun hatte?

„Wer sind Sie wirklich?", fragte sie schließlich und sah ihn wieder an. Hatte Henry Sheppard ihn geschickt?

Er sah gut aus. Das musste sie ihm lassen. Groß, muskulös, mit dunkelblondem Haar, gerader Nase, hohen Wangenknochen und einem kräftigen Kinn. Kein Gramm Fett am Körper.

„Wie ich schon sagte, ich bin Jack Porter." Plötzlich schenkte er ihr ein Lächeln. „Und du bist in den letzten sieben Jahren noch schöner geworden."

Ihr Herz setzte einen Schlag aus. Sieben Jahre. So lange war es her, dass sie den echten Jack Porter gesehen hatte, den Mann, in dessen Armen sie eine leidenschaftliche

Nacht verbracht hatte, nur um allein aufzuwachen.

„Wenn Sie wüssten, was Jack Porter getan hat, würden Sie nicht behaupten, er zu sein."

Er reagierte nicht. Stattdessen bog er noch ein paarmal hastig ab, bis er schließlich in eine Tiefgarage fuhr. Dort musste er langsamer fahren, und Lilly beäugte erneut den Griff der Autotür. In dem Moment, als er das Auto verlangsamte und vorsichtig um eine Kurve fuhr, zog sie am Griff.

Nichts passierte. Die Tür ging nicht auf. Sie drehte den Kopf zu ihm.

„Sie, Sie ..."

„Es ist zu deinem eigenen Wohl", behauptete er.

Ein paar Sekunden später fuhr er auf einen leeren Parkplatz und sprang aus dem Auto. Er eilte um den Wagen herum, öffnete die Beifahrertür von außen und zog sie heraus.

Er hielt ihren Arm fest.

„Bitte lassen Sie mich gehen", bettelte sie jetzt. „Ich gehe nicht zur Polizei. Ich werde niemandem erzählen, dass Sie mich entführt haben."

Aber er schleppte sie zu einem anderen Auto, einem weißen Lieferwagen. „Ich werde alles erklären, wenn wir im Safehouse sind. Ich verspreche es dir, Lilly."

Dann öffnete er die Seitentür des Lieferwagens und schob sie hinein. Drinnen war es dunkel.

„Setz dich auf die Bank. Und schnall dich an."

Dann schloss er die Tür und ihr blieb nichts anderes übrig, als seinem Befehl nachzugehen.

Augenblicke später waren sie wieder auf der Straße, obwohl Lilly nicht sehen konnte, wohin sie fuhren. Hinten im Lieferwagen gab es kein Fenster, und die Trennwand zur Fahrerkabine hatte lediglich ein winziges Guckloch, durch das sie nur den Hinterkopf ihres Entführers sehen konnte.

Sie ließ sich auf die Bank zurückfallen und ein leises Schluchzen entrang sich ihrer Kehle.

Was würde jetzt mit ihr geschehen? Würde er sie vergewaltigen und töten? Ihre Leiche in einen Graben werfen? Warum? Warum passierte ihr so etwas?

Sie wusste nicht, wie lange sie gefahren

waren, bis der Lieferwagen endlich anhielt. Ihr Entführer stellte den Motor ab. Als sich die Tür zu ihrem Gefängnis öffnete, strömte Licht herein. Eine Hand griff nach ihr.

„Lilly, komm raus. Wir sind da."

Sie erlaubte ihm, ihr aus dem Van zu helfen, und sah sich um. Sie waren in einer Garage.

Er schloss die Tür des Lieferwagens hinter ihr und führte sie zu einer Haustür.

„Wir sind hier vorerst sicher", sagte er und schloss die Tür zur Garage hinter ihnen.

Lilly ging weiter ins Haus hinein. Es gab ein kleines Wohnzimmer, eine Küche mit Essbereich und zwei weitere Türen, die geschlossen waren. Sie nahm an, dass hinter der einen ein Schlafzimmer lag, hinter der anderen ein Badezimmer.

„Setz dich", sagte er und deutete auf die Couch. „Ich hole einen Erste-Hilfe-Kasten."

Zu ihrer Überraschung ließ er sie im Wohnzimmer allein und öffnete eine der anderen Türen, hinter der sich wie vermutet ein Badezimmer befand. Sie hörte, wie er dort Schränke öffnete und schloss, und nutzte die

Zeit, sich umzusehen. In dem kleinen einstöckigen Haus gab es nicht viel Dekoration. Als wohnte hier niemand wirklich. Sie hatte Ferienwohnungen gesehen, die mehr Charakter hatten als dieses Haus.

Um zur Haustür zu kommen, musste sie an der offenen Badezimmertür vorbei. Leise, um kein Geräusch zu verursachen, ging sie darauf zu, erreichte die Tür aber nicht. Jack trat aus dem Badezimmer und blockierte ihren Fluchtweg.

Er neigte seinen Kopf ein wenig zur Seite. „Bitte." Er bedeutete ihr, ins Wohnzimmer zurückzukehren. Dort stellte er den Erste-Hilfe-Kasten auf den Wohnzimmertisch.

„Es tut mir leid, dass ich dich so heftig schubsen musste", sagte er in sanftem Ton, „aber eine Sekunde später und du hättest eine Kugel im Kopf gehabt. Ich wünschte, ich wäre früher angekommen, aber der Verkehr ..." Er seufzte und fuhr sich mit einer Hand durchs Haar. Mit einer zitternden Hand.

Das überraschte sie. Warum zitterte seine Hand plötzlich? Und etwas anderes in seiner Aussage ergab auch keinen Sinn.

„Wollen Sie damit sagen, dass Sie im Voraus von der Schießerei gewusst haben?"

Er begegnete ihrem Blick und ein paar Sekunden lang sagte er nichts. „Zuerst das Wichtigste." Er zeigte auf ihre Knie. „Lass mich das verarzten." Er machte einen Schritt auf sie zu.

„Nein!" Sie überraschte sich selbst mit der Bestimmtheit in ihrer Stimme. „Zuerst sagen Sie mir, wer Sie wirklich sind."

„In Ordnung." Er setzte sich auf den Sessel und deutete auf das Sofa. „Dabei solltest du dich vielleicht hinsetzen."

Widerstrebend setzte sie sich auf das Sofa.

„Ich bin Jack Porter und ich war mit Thomas Reed, deinem Cousin, beim Militär. Und der Grund, warum du mich nicht erkennst, ist, weil ich eine plastische Operation hatte."

Sie schnaufte. „Ja natürlich! Was für ein Quatsch! Sie sind nicht Jack. Ich kenne Jack. Ich habe mit Jack geschlafen, also können Sie mir glauben, wenn ich Ihnen sage, dass ich ihn erkennen würde. Ja, Sie haben die gleiche Größe, den gleichen Körperbau und sogar die gleichen Augen, aber da enden die Ähnlichkeiten auch schon. Also glauben Sie nicht, dass Sie mir vormachen können, dass Sie Jack sind."

Ein Lächeln breitete sich langsam auf seinem Gesicht aus. „Ich verstehe. An wie viel erinnerst du dich von jener Nacht vor sieben Jahren?"

„An alles!" Es war wahr. Sie hatte jede Sekunde ihrer Nacht mit Jack viele Male wiedererlebt.

„Gut. Dann wirst du dich wohl daran erinnern." Er stand auf und fasste mit seiner Hand an den Hosenbund. Er öffnete den Knopf seiner Jeans.

Sie sprang auf, bereit zur Flucht. „Was zum Teufel tun Sie da?"

„Ich zeige dir den Beweis, dass ich Jack bin."

Er zog den Reißverschluss auf und schob seine Jeans bis zur Mitte des Oberschenkels herunter. Dann hakte er die Daumen in den Bund seiner Boxershorts und schob diese ebenfalls nach unten.

Sein Schwanz ragte heraus, schwer, aber

entspannt. Sie konnte ihren Blick nicht davon losreißen. Da lag der Beweis.

„Dein Muttermal."

Dort auf seinem Schwanz war ein Muttermal, das wie der Bundesstaat Texas aussah. Sie hatte es am Abend des BBQ der Familie Reed gesehen, nachdem sie mit Jack zum Hotel zurückgekehrt war, wo sie sich die ganze Nacht geliebt hatten. Das war nichts, was gefälscht werden konnte oder von dem viele Leute überhaupt wussten.

Sie machte einen Schritt auf ihn zu, aber sie hatte keinen Zweifel. Er war Jack. Der Mann, der ihr das Herz gebrochen hatte.

„Glaubst du mir jetzt?", fragte er.

Sie hob den Kopf. „Ja, ich glaube dir."

Dann ballte sie ihre rechte Hand zur Faust und schlug ihm so fest sie konnte ins Gesicht.

Sein Kopf schnellte zur Seite und er stöhnte auf.

„Sieht so aus, als hätte ich das verdient."

9

Lilly hatte ihn überrascht. Doch ihr Verhalten hätte ihn nicht in Erstaunen versetzen sollen. Schließlich hatte er sie am Morgen nach ihrem Liebesspiel ohne ein Wort oder eine Erklärung verlassen. Wie ein Dieb in der Nacht hatte er sich davongestohlen. Er war nicht in der Lage gewesen, ihr den wahren Grund dafür zu sagen.

„Es tut mir leid, was damals passiert ist", sagte er, während er Boxershorts und Hose hochzog und den Reißverschluss zumachte.

„Na danke! Das ist genau das, was eine

Frau hören will, wenn ein Typ verschwindet, nachdem er bekommen hat, was er wollte."

„Ich habe nie bekommen, was ich wollte." Die Worte waren heraus, bevor er sie aufhalten konnte. Es war die Wahrheit, obwohl er das Lilly gegenüber nicht zugeben sollte.

„Jetzt beleidigst du mich auch noch, indem du mir unterstellst, dass ich im Bett nicht gut bin?"

Sie hatte ihn völlig missverstanden.

Lilly ballte ihre Hand erneut zur Faust, aber Jack packte diese, bevor sie ihn noch einmal schlagen konnte, und hielt sie fest. Eine Ohrfeige genügte.

„Das habe ich damit nicht gemeint." Er sollte besser den Mund halten und ihren Köder nicht schlucken, aber er hasste es, sie anzulügen. Hasste es, so zu tun, als hätte die Nacht vor sieben Jahren nichts bedeutet.

„Oh bitte!", meinte sie verärgert.

„Ich wollte dich, aber ich konnte nicht bleiben. Ich musste dich verlassen ..."

Sie lachte spöttisch. „Lass mich raten. Du bist ein Geheimagent wie Thomas."

Bei diesen Worten ließ er ihre Faust los

und wich zurück. Darauf war er nicht vorbereitet gewesen. Hatte Thomas ihr erzählt, dass sie beide für die CIA rekrutiert worden waren? Hatte Thomas gewusst, dass Jack im selben Programm war? Seltsamerweise hatte Jack selbst es erst vor zwei Tagen erfahren, als er Thomas' Foto auf der Liste der Stargate-Agenten erkannt hatte. Offensichtlich hatte Henry Sheppard Thomas das gleiche Angebot gemacht und ihm die gleiche Bedingung gestellt: es niemandem zu erzählen. Ihr Geheimnis nicht zu teilen.

Lilly sah ihm in die Augen. „Oh mein Gott, es ist wahr. Du bist bei der CIA, genau wie Thomas."

Er stieß die Luft aus und überlegte, ob es klug war, ihr die Wahrheit zu sagen. Er zögerte.

„Lüg mich nicht an oder ich verschwinde sofort und du wirst mich nie wieder sehen", warnte sie und er wusste, dass sie es ernst meinte. Nach dem, was Thomas ihm im Laufe der Jahre über Lilly erzählt hatte, wusste er, dass es ihr ernst war. Sie ließ sich von niemandem an der Nase herumführen.

„Okay, du willst die Wahrheit. Ja, Thomas und ich waren bei der CIA."

„Waren?"

Jack nickte. „Unser Programm wurde eliminiert." Das war der passende Ausdruck für die Art, wie die Agenten des Stargate-Programms die CIA verlassen hatten. Bei seiner Ermordung hatte Sheppard seine Agenten mit dem letzten Atemzug gewarnt. Er hatte allen eine telepathische Warnung geschickt, dass sie fliehen sollten, wenn sie nicht das gleiche Schicksal erleiden wollten. Sie waren alle untergetaucht. „Wie viel hat dir Thomas erzählt?"

„Er hat mir nichts erzählt. Kein einziges Wort."

„Wie hast du dann ...?" Hatte sie geblufft, damit er die Wahrheit ausplauderte? Hatte sie ihn ausgetrickst?

„Ich habe Thomas' altes Zimmer ausgeräumt und in einem Versteck etwas gefunden. Er hat es dort für mich versteckt, da bin ich mir sicher. Du weißt, dass er tot ist, oder?"

„Ja, tut mir leid." Aber für Trauer blieb keine Zeit. „Was hat er für dich versteckt?"

„Seinen CIA-Ausweis. Und auf einem Notizblock stand eine Telefonnummer. Ich rief die Nummer an und habe mit diesem Typen bei der CIA gesprochen. Aber er wollte mir nicht sagen, wie Thomas gestorben ist. Er hat nur gesagt, es sei ein Unfall während einer Trainingseinheit gewesen. Weißt du, wie er starb? Warst du bei ihm?"

Jack schüttelte den Kopf. „Ich habe Thomas seit jenem Tag beim Grillen nicht mehr gesehen."

„Aber du warst einer seiner engsten Freunde und ihr habt zusammengearbeitet. Ihr wart zusammen bei der CIA. Wie kann –"

„Das Programm, in dem wir uns befanden, verlangte strengste Geheimhaltung. Wir mussten den Kontakt zu allen Menschen aus unserem früheren Leben abbrechen. Ich wusste bis vor zwei Tagen nicht einmal, dass Thomas für dasselbe Programm rekrutiert worden war. Und dann mussten wir alle vor drei Jahren untertauchen. Wir werden gejagt."

„Gejagt? Von wem?"

„Von dem, der unseren Direktor Henry Sheppard getötet hat."

Überraschung zeigte sich auf Lillys Gesicht. Dann schüttelte sie den Kopf. „Du lügst."

Der Vorwurf schmerzte. „Ich lüge nicht. Ich sage dir die Wahrheit."

„Ich habe mit Henry Sheppard gesprochen. Er ist der Mann, den ich bei der CIA angerufen habe. Er wollte mir nicht sagen, wie Thomas gestorben ist. Das sei eine Frage der nationalen Sicherheit."

„Ich weiß nicht, mit wem du gesprochen hast, aber nicht mit Henry Sheppard. Sheppard starb vor über drei Jahren. Er wurde ermordet."

Für einen langen Augenblick hielt er ihren Blick fest. In ihren Augen sah er die wachsende Erkenntnis. „Deshalb war die Seite im Notizbuch herausgerissen ... und der Name durchgestrichen."

„Was meinst du damit?", fragte er.

„Als ich gesagt habe, ich hätte eine Nummer und einen Namen auf einem kleinen Notizblock gefunden, war das nicht ganz ... na ja, weißt du, wenn du etwas auf einen Block Papier schreibst und viel Druck mit deinem

Stift ausübst, hinterlässt das tiefe Linien. Ich fand einen Notizblock mit solchen Linien und benutzte einen Bleistift, um den Namen und die Nummer darauf zu enthüllen. Ich dachte, es war besonders clever von Thomas, mir diese Information zu hinterlassen, dass sie nicht jeder sofort entdecken konnte. Als Kinder haben wir das ständig gemacht. Aber wenn Thomas wusste, dass dieser Henry Sheppard tot ist, dann hat er wahrscheinlich die Seite herausgerissen ... nachdem er den Namen und die Nummer durchgestrichen hat."

„Macht Sinn. Kann ich den Notizblock sehen?"

Sie schüttelte den Kopf. „Ich habe ihn zu Hause gelassen. Aber ich habe die Nummer in mein Handy programmiert." Dann warf sie ihm einen ärgerlichen Blick zu. „Und du hast mein Handy aus dem Autofenster geworfen."

„Das musste ich tun, sonst hätte uns der, der hinter uns her ist, aufspüren können. Keine Sorge, wenn du die Nummer von deinem Handy aus angerufen hast, können wir die Nummer bei deinem Telefonanbieter abrufen."

„Warum sollte jemand versuchen, mich

umzubringen? Vielleicht war der Schütze auf der Plaza nur ein Verrückter. Ich meine, solche Schießereien passieren doch ständig."

„Sicher tun sie das, aber das war keine x-beliebige Schießerei. Du musst jemanden nervös gemacht haben, als du den falschen Henry Sheppard angerufen und ihn nach Thomas ausgefragt hast. Was hast du ihm gesagt?"

Lilly zuckte mit den Schultern. „Nur, dass ich in den Papieren meines Onkels keine Sterbeurkunde finden konnte. Onkel Will hat Demenz, weißt du, also habe ich sein Haus ausgeräumt, nachdem er in eine Einrichtung für betreutes Wohnen musste."

Jack unterbrach sie nicht, um ihr zu sagen, dass er von Will Reeds Zustand wusste.

„Ich war auf einer medizinischen Forschungsreise im Kongo, als Thomas starb, und ich habe gerade erst erfahren, dass er eingeäschert wurde. Und er wollte nie eingeäschert werden, weil er vor ..."

„... vor Feuer Angst hatte, seit seine Mutter gestorben ist", vervollständigte Jack ihren Satz.

„Genau. Und Onkel Will wusste es. Das hätte er Thomas niemals angetan. Er hätte seinen Wunsch respektiert. Wie sich herausstellte, hatte Onkel Will keine Wahl. Thomas sollte in einem Bestattungsunternehmen namens *Peaceful Rest* eingeäschert worden sein. Doch als ich dort war, um nach der Feuerbestattung zu fragen, sagten sie mir, dass die Einäscherungsurkunde gefälscht sei und sie keine Aufzeichnungen über seine Kremation hätten. Und obendrein schickte mir *Shaded Pine Cemetery*, das Bestattungsinstitut, wo er beigesetzt wurde, ein Dokument, aus dem hervorgeht, dass Onkel Will den Platz in der Urnenmauer und den Pflegeplan bestellt hatte. Das Dokument trug seine Unterschrift. Nur war es eine Unterschrift aus der Zeit, bevor er dieses Zittern in den Händen bekam. Er hätte das Dokument nicht unterschreiben können.“

Jack war von Lillys Nachforschungen beeindruckt. „Hast du diesem Typen bei der CIA erzählt, was du gefunden hast?“

Sie nickte. „Ich bat um eine Erklärung für die Einäscherungsurkunde. Aber er weiß nichts von Onkel Wills Unterschrift, weil ich den Anruf vom *Shaded Pine Cemetery* erst bekommen habe, kurz bevor ich zum Taco-Truck runterging."

„Deshalb wollen sie dich aus dem Weg räumen. Du hast zu viel rumgeschnüffelt. Sie wollen nicht, dass wir herausfinden, wie und wo Thomas gestorben ist. Weil es uns zu ihnen führen könnte."

„Wer sind *sie*?"

„Weiß ich nicht. Aber ich werde nicht ruhen, bis ich es herausgefunden habe."

„Ich habe bereits die Sterbeurkunde von Thomas bei der DC Vital Records Division angefordert, aber es wird Wochen dauern, bis ich die bekomme. Ich weiß nicht, was ich sonst noch machen soll." Sie zuckte hoffnungslos mit den Schultern. „Es ist so frustrierend. Ich kann nichts tun."

„Ich kann die Sterbeurkunde schneller bekommen." Er zog sein Handy aus der Tasche.

Sie starrte darauf. „Oh, du kannst also ein Handy haben, aber ich nicht?"

„Es ist ein Wegwerfhandy." Er wählte Fox' Nummer, die er sich eingeprägt hatte.

„Ja?", antwortete Fox fast sofort.

„Hier ist Yankee."

„Hey, was gibt's?"

„Du oder Michelle, ihr müsst die DC Vital Records Division hacken und mir die Sterbeurkunde von River besorgen."

„Ach Scheiße, er ist tot?"

„Nicht hundertprozentig sicher. Deshalb muss ich Ermittlungen anstellen."

„In Ordnung. Ich rufe dich an, sobald ich sie habe."

10

„River?", fragte Lilly, als Jack den Anruf beendet hatte. „Ist das Thomas' Codename?"

Jack nickte.

„Und Yankee? Das bist du?"

„Das ist richtig."

„Was war so geheim an dem Programm, in dem ihr beide wart, dass ihr nicht einmal untereinander sprechen konntet? Und warum jagt dich deswegen jemand?" Sie hatte so viele Fragen, aber Jack schien noch nicht so weit zu sein, sie zu beantworten und sie scheute sich nicht schmutzige Tricks zu benutzen, um Antworten zu bekommen. „Ich verdiene die Wahrheit. Verdammt, Jack, wenn dir jene Nacht vor sieben Jahren überhaupt etwas bedeutet hat, dann sag mir bitte, was los ist. Du kannst nicht einfach aus dem Nichts auftauchen, mir das Leben retten und dann deine Geheimnisse für dich behalten."

Plötzlich fiel ihr etwas auf. „Woher wusstest du überhaupt, dass es zu einer Schießerei kommen würde? Sag mir wenigstens das."

Langsam nickte er. Dann zeigte er auf ihre Beine. „Lass mich dich verarzten, während wir reden."

„In Ordnung." Sie setzte sich auf die Couch und Jack kauerte sich vor ihre Füße. Er fing an, die Abschürfungen an ihren Knien mit einem Antiseptikum zu reinigen. „Fang an."

„Ich mache wahrscheinlich einen riesigen Fehler, dir das alles zu erzählen, aber ehrlich gesagt habe ich es satt zu verbergen, was ich bin."

Seine Worte kamen ihr seltsam vor, aber sie unterbrach ihn nicht.

„Ich bin ein Präkognitiver, eine Person, die Visionen über zukünftige Ereignisse hat, Vorahnungen."

Sie erstarrte. „Nein, das ist nicht möglich. Hellseher gibt es nicht. Das ist nur Schwindel."

Jack schüttelte langsam den Kopf. „Manchmal wünschte ich, es wäre so, aber heute bin ich froh, dass ich präkognitiv bin, sonst wärst du jetzt tot."

Die Luft entwich ihrer Lunge. „Willst du damit sagen, dass du vorhergesehen hast, was heute passiert ist?"

Er nickte. „Ich hatte eine Vision von dem Scharfschützen, der dir eine Kugel in den Kopf jagt. Ich habe dich sterben sehen. Ich habe versucht, dich anzurufen, um dich zu warnen, aber alles, was ich am Telefon hören konnte, war Rauschen."

„Das warst du? Der Anruf, während ich auf die Tacos gewartet habe?"

„Ja. Ich habe versucht, dir zu sagen, dass du in das Gebäude rennen sollst, aber du konntest mich nicht hören. Ich glaube, die gleiche Person, die den Anschlag auf dich angeordnet hat, hat auch dein Handy sabotiert, vielleicht sogar abgehört. Ich weiß nicht genau, warum, aber vielleicht wusste er, dass ich versuchen würde, dich zu warnen, und ..."

„Wie denn? Woher sollte er wissen, dass du versuchen würdest, mich zu retten?"

„Ich bin nicht der einzige Präkognitive. Jeder aus dem Stargate-Programm bei der CIA hatte die Gabe des Hellsehens. Einschließlich Henry Sheppard. Und vielleicht gibt es noch andere. Vor ein paar Monaten bin ich einem meiner Agentenkollegen begegnet, der übergelaufen war, sodass ich davon ausgehen muss, dass sich auch noch andere für die falsche Seite entschieden haben. Nach allem, was wir wissen, scheint derjenige, der versucht, alle ehemaligen Stargate-Agenten umzubringen, ein Präkognitiver zu sein. So weiß er, was wir vorhaben."

„Oh mein Gott, wie kannst du gegen so einen Feind kämpfen?"

„Indem wir uns zusammenschließen. Indem wir alle ehemaligen Stargate-Agenten finden, Männer wie Thomas, und gemeinsam kämpfen. Gemeinsam sind wir stärker."

„Deshalb bist du hier. Du hast nach Thomas gesucht."

„Ja. Ich habe mit deinem Onkel gesprochen, um zu sehen, ob er etwas weiß."

„Aber er hat Demenz. Er kann dir nicht helfen. Er ist nicht mehr klar im Kopf.“ Das machte sie traurig, aber sie konnte die Wahrheit nicht ignorieren.

„Das habe ich gesehen. Aber er hat Dinge gesagt, die mich glauben lassen, dass er etwas weiß. Er sagte immer wieder, dass es seine Schuld sei, dass *sie* ihn ausgetrickst habe. *Sie* habe ihn angelogen. Sie hätten *sie* geschickt.“

„*Sie*? Wer ist *sie*?“

„Ich weiß es noch nicht. Zuerst dachte ich, Thomas könnte seinen Tod vorgetäuscht haben. Zumindest dachte ich das, als ich sah, dass er eingeäschert worden war. Aber nachdem ich mit deinem Onkel gesprochen und seinen Kummer gesehen habe, glaube ich, dass Thomas wirklich tot ist. Trotzdem muss ich sicherstellen, dass er nicht irgendwo darauf wartet, dass ich ihn finde. Und selbst wenn er wirklich tot ist ... Wie und wo er getötet wurde, könnte uns helfen herauszufinden, wer hinter all dem steckt.“

„Wenn du in die Zukunft blicken kannst, weißt du dann nicht schon, was passieren wird?“

„So funktioniert das leider nicht. Wir wissen nicht, wie wir die Visionen steuern können. Genau das wollte das Stargate-Programm erforschen. Sie versuchten, uns zu trainieren, unsere Visionen nach Belieben in die Zukunft zu richten. Hast du schon einmal von *Remote Viewing* gehört?"

Lilly nickte. „Ja, ich habe vor ein paar Jahren darüber gelesen. War das nicht ein geheimes Spionageprogramm, das nicht funktioniert hat?"

„Genau. Die CIA leitete das Programm in den frühen Neunzigern, aber die von der CIA rekrutierten Agenten hatten keine präkognitiven Fähigkeiten. Daher ist es gescheitert. Henry Sheppard arbeitete zu dieser Zeit bereits für die CIA und war sich sicher, dass es funktionieren würde, wenn er Agenten rekrutieren könnte, die bereits über die Gabe des Hellsehens verfügten. Genau wie er selbst. Also startete er das Programm neu, aber nicht einmal die Top-Chefs der CIA wussten davon. Ich war Teil dieses Programms."

„Du kannst also in die Zukunft sehen, aber

du kannst deine Visionen nicht steuern? Ist es das?" Sie konnte nicht glauben, dass sie das fragte. Es klang irreal, aber Jack sah ernst aus. Danach zu urteilen, dass er von der Schießerei eindeutig im Voraus gewusst und sie gerettet hatte, sagte er die Wahrheit.

„Ich fürchte ja. Ich glaube, es wird durch emotionale Reaktionen ausgelöst. Ich hatte die Vision, dass du stirbst, als ich bei deinem Onkel war und ein Foto sah, das vor sieben Jahren beim Grillen aufgenommen worden war."

Jack klebte ein Pflaster auf Lillys linkes Knie. „So, das sollte reichen." Dann erhob er sich aus der Hocke und setzte sich neben sie, ließ jedoch etwas Platz zwischen ihnen, damit sich ihre Körper nicht berührten.

Lilly sah ihn an. Sein Gesicht hatte sich verändert. Er war schon immer gut aussehend gewesen, aber dieses neue Gesicht war anders, noch intensiver als vor sieben Jahren. Seine Augen waren immer noch dieselben, hatten immer noch dieses durchdringende Blau und seine Stimme war genauso unwiderstehlich sexy wie damals. Wieso hatte sie ihn nicht sofort erkannt? Sie hätte seinen Körper in dem Moment wiedererkennen müssen, als er sie aus der Schusslinie gestoßen und unter sich begraben hatte. Trotz des anfänglichen Schocks hatte sie sich sicher gefühlt, als hätte ihr Körper seinen erkannt, anders als ihr Verstand.

„Warum hattest du eine plastische Operation? Hattest du einen Unfall?"

„Nein. Als Sheppard ermordet wurde und wir alle untertauchen mussten, hielt ich es für meine beste Option, um von meinen Feinden nicht erkannt zu werden. Im Nachhinein war es vielleicht nicht nötig, aber was getan ist, ist getan. Niemand hat mich in den letzten drei Jahren entdeckt, seit ich auf der Flucht bin. Wegen meines neuen Gesichts konnte ich in Washington D. C. bleiben."

„Du warst die ganze Zeit hier in D. C.?"

„Ja."

„Sind wir uns hier jemals über den Weg gelaufen?", fragte sie, obwohl sie eigentlich wissen wollte, ob er sie aus der Ferne beobachtet hatte. Ob er sich nach ihr gesehnt hatte, so wie sie sich nach ihm.

„Nein." Er lächelte, aber sein Gesichtsausdruck war traurig. „Ich bin dir nie begegnet. Ich hätte nicht weiter im Verborgenen leben können, wenn ich dich gesehen hätte."

Seine Offenbarung überraschte sie. Bedeutete das, dass er an ihre gemeinsame Nacht zurückgedacht und sich nach mehr gesehnt hatte? Sie schüttelte den Gedanken ab. Jack war kein sentimentaler Typ, zumindest hatte Thomas das immer über ihn gesagt.

„Die Versuchung wäre zu groß gewesen." Er nahm ihre Hand und rieb mit dem Daumen darüber.

Sie begegnete seinem Blick und fühlte dieselbe magnetische Anziehungskraft, die sie Jahre zuvor zusammengebracht hatte und in einer leidenschaftlichen Liebesnacht gipfelte.

Jacks Handy klingelte. Er ließ ihre Hand los. „Ja?"

Lilly saß nahe genug, um die Stimme am anderen Ende der Leitung zu hören.

„Ich habe die Sterbeurkunde bekommen. Da steht Herzinfarkt."

„Blödsinn!", fluchte Lilly.

„Wer ist das?"

Jack seufzte und stellte den Anrufer auf Lautsprecher. „Das ist Rivers Cousine Lilly. Lilly, darf ich dir Fox vorstellen?"

„Nimm mich sofort vom Lautsprecher", verlangte Fox. „Du kannst eine Zivilistin nicht einfach ..."

„Sie ist genauso wenig eine Zivilistin wie Phoebe und Michelle", unterbrach ihn Jack, obwohl Lilly keine Ahnung hatte, was er damit meinte.

„Warum hast du das nicht gleich gesagt? Hallo Lilly. Und du hast recht, das ist Quatsch. Thomas war siebenunddreißig Jahre alt. Auf keinen Fall ist er an einem Herzinfarkt gestorben", sagte Fox.

„Kannst du mir das Dokument per SMS schicken?", fragte Jack. „Vielleicht kann ich mit dem Arzt oder Gerichtsmediziner sprechen, der die Sterbeurkunde unterschrieben hat."

„Schick sie dir gleich rüber. Brauchst du Verstärkung?"

„Um mit dem Beamten zu sprechen, der die Sterbeurkunde unterschrieben hat? Nein.

Das mache ich allein. Ich melde mich wieder."

„Sag alle paar Stunden Bescheid, damit wir wissen, dass du noch am Leben bist."

„Mach' ich." Jack beendete das Gespräch.

Einen Moment später ertönte ein Ping und kündigte eine SMS an. Jack öffnete den Anhang.

„Was steht darauf?", fragte Lilly.

„Er ist hier in D. C. gestorben." Jack sah sie an. „Ich werde gehen und mit dieser Dr. Amy Price sprechen, die die Sterbeurkunde unterschrieben hat. Bleib hier. Bediene dich an allem, was im Kühlschrank und in der Gefriertruhe ist, während ich weg bin."

„Auf keinen Fall!" Sie sprang auf. „Du kannst mich nicht einfach abschieben. Thomas war mein Cousin und mein bester Freund. Ich komme mit."

„Kommt nicht infrage. Wer auch immer den Scharfschützen angeheuert hat, wird nach dir suchen. Du kannst dein Gesicht nicht in der Öffentlichkeit zeigen. Es ist zu riskant."

„Dann leih mir einen Hut und eine Sonnenbrille oder so was."

Er zögerte mehrere Sekunden. Dann seufzte er. „Gut, aber du wirst genau das tun, was ich dir sage. Verstehen wir uns?"

„Ich bin kein Idiot."

Weniger als eine halbe Stunde später war Lillys blondes Haar unter einer dunklen Perücke versteckt, die sie wie Cher aussehen ließ und höllisch juckte. Aber das war nur ein Teil der Verkleidung, auf die Jack bestanden hatte, damit sie ihn begleiten durfte. Auf ihrer Nase saß eine Brille, die selbst für ihre eigene Großmutter zu altmodisch wäre. Sie trug eine bauschige Bluse und einen hässlichen Rock, der sie zehn Kilo dicker machte.

„Ich sehe lächerlich aus", beschwerte sie sich.

„Nein, tust du nicht. Du siehst aus wie ein Mauerblümchen. Niemand wird dir einen zweiten Blick gönnen und das ist ausschlaggebend."

Auch Jack hatte sich umgezogen und sah jetzt aus wie ein Buchhalter. Er trug eine Brille mit Metallrahmen und hatte eine Perücke aus schütterem Haar aufgesetzt, mit

Geheimratsecken und einer kahlen Stelle auf dem Hinterkopf.

„Wie sehe ich aus?", fragte er plötzlich mit einem Akzent aus dem mittleren Westen.

„So lächerlich, wie ich mich fühle."

„Gut, dann steht die Kutsche für Sie bereit."

Er zwinkerte ihr zu und sie stiegen in den Van. Diesmal saß Lilly mit ihm in der Fahrerkabine. Während Lilly sich umgezogen hatte, hatte Jack die Adresse gefunden, wo Dr. Amy Price arbeitete.

„Es ist fast Feierabend", sagte Lilly, als sie durch ein belebtes Viertel fuhren. „Was ist, wenn diese Ärztin nicht mehr im Leichenschauhaus ist?"

„Ich habe auch ihre Privatadresse gefunden." Er warf ihr einen beruhigenden Blick zu.

Nach fünfzehn Minuten bog Jack in ein Parkhaus ein, das ihr bekannt vorkam.

„Hast du hier heute nicht schon einmal das Auto gewechselt?", fragte sie.

„Ja. Wir lassen den Van hier stehen und nehmen ein anderes Auto."

„Findest du nicht, dass das ein bisschen paranoid ist?“

„Paranoia hat mich die letzten drei Jahre am Leben gehalten.“

Als sie den Van verließen, führte Jack sie die Treppe hinunter zu einer tieferen Etage. Dort marschierte er an den geparkten Autos entlang und betrachtete eins nach dem anderen.

„Erinnerst du dich nicht mehr, wo du dein Auto geparkt hast?“, fragte sie.

Er warf ihr einen Seitenblick zu. „Oh, ich habe hier kein Auto.“ Dann deutete er auf einen ziemlich staubig aussehenden silbernen Honda. „Der Wagen passt. Er sieht aus, als steht er schon ewig hier. Niemand wird ihn vermissen.“

Sie starrte ihn schockiert an. „Du willst das Auto stehlen?“

„Natürlich nicht.“

Bevor sie erleichtert aufatmen konnte, fügte er hinzu: „Ich werde es mir nur ausleihen.“

Sie sah zu gleichen Teilen schockiert und beeindruckt zu, wie er gekonnt in das Auto einbrach und dann den Motor kurzschloss. Augenblicke später verließen sie die Garage in dem *geliehenen* Honda und fuhren zum Leichenschauhaus.

Als sie sich der Innenstadt näherten, gerieten sie in den Berufsverkehr. Sie kamen nur noch im Schneckentempo vorwärts. Lilly sah auf die Uhr im Armaturenbrett.

„Wir sind fast da", sagte Jack.

Plötzlich heulten Polizeisirenen auf und die Autos hinter ihnen machten Platz, fuhren so nah wie möglich an die Seite, damit der Streifenwagen passieren konnte. Lillys Herz schlug ihr bis zum Hals.

„Sie haben uns gefunden, weil du das Auto gestohlen hast", sagte Lilly panisch.

„Bleib ruhig", bat Jack und sah in den Rückspiegel. „Sie sind nicht hinter uns her. Hinter dem Streifenwagen fährt eine Ambulanz. Es muss einen Unfall gegeben haben."

Als sowohl der Streifenwagen als auch der Krankenwagen an ihnen vorbeifuhren, normalisierte sich Lillys Herzschlag wieder.

Verdammt, sie war nicht für ein Verbrecherleben geschaffen.

Einen Block vor dem Leichenschauhaus sperrte ein Polizeiauto die Straße. Jack sah es und bog kurz davor in eine Seitenstraße ein.

„Ab hier aus müssen wir zu Fuß gehen", sagte er und parkte auf dem nächsten Parkplatz, den er finden konnte.

„Machst du dir keine Sorgen, an der Polizei vorbei zu müssen?", fragte Lilly.

„Die Polizei ist meine geringste Sorge. Verhalte dich einfach normal."

Sie stiegen aus dem Auto und gingen zurück zu der Stelle, wo die Polizei die Straße vor der Gerichtsmedizin blockierte. Viele Passanten liefen bereits neugierig zum Ort des Geschehens.

„Kannst du sehen, was los ist?", fragte Lilly Jack, der viel größer war als sie.

„Sieht so aus, als wäre ein Fußgänger von einem Auto angefahren worden." Er griff nach ihrer Hand. „Lass uns hier durchgehen."

Jack bahnte sich einen Weg durch die Menge und Lilly folgte ihm dicht auf den Fersen. Sie warf einen Blick auf die Straße, wo der Krankenwagen stand und Polizisten den Unfallort absperrten.

Sie waren jetzt nur noch etwa fünfzehn Meter vom Eingang zur Gerichtsmedizin entfernt. Aus dem Gebäude strömten viele Leute und eilten zum Krankenwagen.

Lilly hörte eine Frau schreien. „Oh nein! Amy!"

Plötzlich blieb Jack stehen und blickte über die Schulter zu der Person, die mitten auf der Straße am Boden lag. Er drängte sich durch die Passanten, wobei er immer noch Lillys Hand festhielt, bis er die Absperrung erreichte. Von dort konnte Lilly erkennen, dass eine Frau auf dem Boden lag.

„Was ist passiert?", fragte Jack jemanden, der neben ihm stand.

„Fahrerflucht", sagte der Mann neben ihm.

„Wissen Sie, wer das ist?"

„Keine Ahnung. Aber ich glaube, sie kam aus dem Gebäude hinter uns."

Lilly erstarrte. Das Gebäude hinter ihnen war die Gerichtsmedizin.

„Lassen Sie mich durch!", rief eine Frau hinter ihnen und drängte sich durch die

Menge, bis sie die Absperrung neben Lilly erreichte. „Oh mein Gott! Amy!"

„Kennen Sie sie?", fragte Lilly die weinende Frau.

Die Frau schluchzte. „Das ist meine Kollegin Dr. Price. Ich habe es aus meinem Bürofenster gesehen." Sie stieß ein herzzerreißendes Schluchzen aus. „Das Auto hat nicht einmal versucht zu bremsen ..."

Lilly blickte zurück zum Unfallort, wo ein Polizist ein Laken über das Opfer legte.

Dr. Amy Price war tot.

11

Jack wurde sofort klar, dass Dr. Amy Prices Tod kein Unfall oder Zufall war. Jemand hatte sie getötet, damit sie nicht verriet, wie Thomas Reed wirklich gestorben war. Ob Dr. Price an Thomas' Tod mitschuldig war oder gezwungen wurde, eine Sterbeurkunde mit falscher Todesursache zu unterschreiben, war unerheblich. Das Ergebnis war das gleiche: Jetzt wusste nur noch der Mörder, wie Thomas gestorben war.

Jack brachte Lilly zum Unterschlupf zurück und traf die gleichen Vorsichtsmaßnahmen wie zuvor. Er wischte seine und Lillys

Fingerabdrücke von dem geliehenen Auto. Dann kontaktierte Jack Ace und Fox, um sie über den Vorfall zu informieren. Er bat sie, alle Verkehrskameras in der Nähe des Gebäudes der Gerichtsmedizin zu überprüfen, ob diese Hinweise auf den Mörder von Dr. Price aufgezeichnet hatten.

Dann fuhr Jack zurück zur Plaza, wo Lilly beinahe getötet worden war. Es war jetzt dunkel und still, obwohl die Polizei den Bereich der Schießerei abgesperrt hatte. Jack blieb auf der gegenüberliegenden Straßenseite stehen, um nicht aufzufallen. Für das, was er tun musste, musste er nicht näher ran. Er ließ seinen Blick schweifen. Es gab keine Verkehrskameras, obwohl er mehrere Überwachungskameras an den Ein- und Ausgängen des Delta-Labs-Gebäudes sah, in dem Lilly arbeitete. Deren Aufnahmewinkel war jedoch nach unten gerichtet, und wenn Jacks Vermutungen richtig waren, hatte der Schütze von einer höheren Position auf Lilly gezielt.

Nach der Schussrichtung zu urteilen, hatte sich der Schütze auf einer oberen Ebene des Parkhauses befunden. Jack ging ins Parkhaus und überprüfte alle fünf Etagen auf Spuren wie leere Patronenhülsen. Er fand zwar Abdrücke eines Stativs auf einem Sims mit freiem Blick auf die Plaza, aber nichts anderes. Der Scharfschütze hatte aufgeräumt. Was für eine Pleite.

Es war nach zehn Uhr, als er in das Safehouse zurückkehrte. In der Garage entledigte er sich seiner Verkleidung, der Perücke und der Brille, dann betrat er das Haus. Jack schloss die Tür leise hinter sich. Nur das Licht aus der Küche beleuchtete das Wohnzimmer schwach. Lilly lag auf der Couch, jetzt wieder in ihren eigenen Kleidern, und schlief. Die Perücke und die Brille lagen auf dem Wohnzimmertisch, und die Kleider, die sie in eine formlose Frau verwandelt hatten, lagen ordentlich gefaltet auf einem Stuhl.

Er trat vorsichtig auf und näherte sich Lilly. Auf ihrem Gesicht lag ein friedlicher Ausdruck, der ihn an den Tag erinnerte, als er sich aus dem Hotelzimmer geschlichen hatte, während sie noch schlief.

Er griff nach einer Decke und legte sie über sie, als sie plötzlich aufschrie und hochfuhr.

Jack trat zurück und hob die Hände. „Tut mir leid, ich wollte dich nicht wecken."

Sie blickte ihn an. „Nein, nein, ist schon in Ordnung, ich bin nur ... ich bin nur ein bisschen nervös." Sie holte tief Luft. „Ich kann nicht glauben, dass jemand diese Frau getötet hat, nur damit sie uns nicht sagen konnte, wie Thomas gestorben ist."

„Ich weiß. Aber die Leute, die mich und die Stargate-Agenten verfolgen, sind skrupellos."

Lilly griff nach seiner Hand und bedeutete ihm, sich neben sie zu setzen. „Ich kann mir nicht vorstellen, wie du und Thomas die letzten drei Jahre gelebt haben müsst. Für mich ist noch nicht einmal ein Tag vergangen und ich bin schon ein nervöses Wrack."

„Thomas und ich wurden dafür ausgebildet. Du bist Zivilistin."

„Unabhängig von deiner Ausbildung kann ich mir trotzdem nicht vorstellen, wie die letzten drei Jahre für dich gewesen sein müssen."

Er bemerkte den Blick, den sie ihm zuwarf. Voller Verständnis. Er hielt ihren Blick fest. „Es war eine einsame Zeit, das gebe ich zu." Als sie ihren Kopf etwas zu ihm neigte, ergänzte er: „Und seit jener Nacht habe ich es täglich bereut, dass ich dich verlassen musste. Ich habe dich vermisst ...“

„Du hast mir das Herz gebrochen, Jack“, murmelte sie leise. „Ich war so lange wütend auf dich, weil du wortlos verschwunden bist ...“ Sie rieb mit den Fingerspitzen über seine Wange.

Er nahm ihre Hand und drehte sie so, dass er einen Kuss in ihre Handfläche drücken konnte. „Es tut mir leid, dass ich dir wehgetan habe. Ich wünschte, es hätte anders sein können ... aber die Visionen, die ich hatte ... die Dinge, die ich sah ... ich musste meine Visionen verstehen und Henry Sheppard wollte mir das ermöglichen. Durch das, was ich sah, konnte ich Leben retten, Katastrophen verhindern. Hätte ich Sheppards Angebot nicht angenommen ...“

Sie legte ihm ihren Finger auf die Lippen. „Du musst deine Entscheidung nicht begründen. Ich verstehe es jetzt. Ich verstehe, warum du gehen musstest. Ich wünschte nur, ich hätte es damals gewusst. Dich gehen zu lassen, hätte mir immer noch das Herz gebrochen, aber ich wäre nicht böse auf dich gewesen."

„Danke", sagte er, und sein Herz erwärmte sich bei dem Gedanken, dass sie voller Vergebung war. „Es verging kein Tag, an dem ich nicht an dich gedacht habe." Er wich zurück, denn die Versuchung, sie zu küssen, wurde zu groß. „Und so sehr ich auch mit dir zusammen sein wollte, konnte ich dich nicht bitten, so zu leben ... auf der Flucht ... dich immer verstecken zu müssen. Du hast ein Leben. Eine Karriere. Ich konnte dich nicht da mithineinziehen."

Lilly schüttelte den Kopf. „Das war damals. Aber jetzt ist es anders. Ich stecke schon mittendrin. Bei dir fühle ich mich zumindest sicher. Ohne dich wäre ich tot."

Sie rückte näher und Jack wurde sich der Wirkung, die sie auf ihn hatte, immer bewusster. Ihre Nähe schürte sein Verlangen nach ihr, sein Bedürfnis, sie unter sich zu fühlen, ihre Haut an seiner Haut zu spüren, ihre Lippen auf seinen Lippen und seinen Schwanz in ihr.

„Lilly ...“ Er senkte seinen Kopf zu ihr. „Du musst mich stoppen, bevor es zu spät ist, denn ich kann dir nichts versprechen. Ich kann dir nicht das Leben bieten, das du verdienst.“

„Das ist mir egal. Es geht mir nur um dich. Und ich will das spüren, was ich vor sieben Jahren bei dir gespürt habe. Da war etwas zwischen uns. Und das will ich zurückhaben. Bitte verweigere mir das nicht, Jack ...“

Lilly strich mit dem Zeigefinger über seine Unterlippe. Ihre Berührung war elektrisierend. Sein Verstand setzte aus und er konnte nur noch daran denken, wie ihre Lippen schmecken würden.

„Ich könnte dir niemals etwas verweigern“, flüsterte er an ihren Lippen, bevor er sie einfing und küsste.

Sie schmeckte süß. Erst jetzt nahm er ihren Duft vollständig wahr und erkannte, dass sie in seiner Abwesenheit geduscht hatte. Ihr Mund war warm und geschmeidig, aber so ganz anders als vor sieben Jahren. Die Frau, die er heute Nacht in seinen Armen hielt, war anspruchsvoller, nicht das beinah schüchterne Mädchen, das er vor so langer Zeit mit in sein

Bett genommen hatte. Heute war sie eine erfahrene Frau, die wusste, was sie wollte. Er fühlte es mit jeder Faser seines Körpers, fühlte entfesselte Leidenschaft und Verlangen, als hätte sie es all die Jahre für ihn aufgespart.

Sein eigenes Verlangen kam ihrem gleich, denn auch er hatte damals etwas Besonderes gespürt. In Wahrheit hatte er sich schon in sie verliebt, bevor er ihr je begegnet war. Thomas hatte während ihrer gemeinsamen Einsätze so viel über Lilly gesprochen, dass er das Gefühl hatte, sie zu kennen. Er kannte ihre Vorlieben und Abneigungen, ihr Mitgefühl und ihre Träume. Ihr Traum, Ärztin zu werden und Menschen zu helfen, war einer der Gründe, warum Jack nach seinem Eintritt in die CIA nie versucht hatte, wieder Kontakt mit ihr aufzunehmen. Sie hätte alles aufgeben müssen. Für ihn. Und er hatte nicht gewollt, dass sie dieses Opfer brachte. Aber jetzt hatten die Umstände sie wieder zusammengebracht und keiner von ihnen hatte noch eine Wahl. Doch er wollte nicht an die Schwierigkeiten denken, die vor ihm lagen.

Er wollte Lilly spüren. Mit ihr in seinen

Armen, ihren Körper an seinen gepresst, hatte er das Gefühl, dass die vor sieben Jahren entzündete Flamme nie erloschen war. Unter der Oberfläche hatte sie all diese Jahre weitergebrannt. Sie loderte nun auf und wuchs zu einem gewaltigen Freudenfeuer heran, das nur auf eine Weise gelöscht werden konnte: indem sie diese Flamme noch höher anfachten.

Jack löste seine Lippen von ihren. „Lilly ...“ Er wusste nicht mehr, was er sagen wollte, denn er konnte nur daran denken, sie auszuziehen, um ihre nackte Haut unter seinen Lippen und Händen spüren zu können.

„Zieh dich aus“, verlangte Lilly und sah ihm in die Augen.

„Du zuerst.“ Jack begann sie auszuziehen.

Aber sie ließ sich nicht beirren. Sie öffnete die Knöpfe seines Hemdes und riss es weit auf. Als sie ihre Hände auf seine Brust legte, schien sein Herz in Flammen aufzugehen. Er hatte in den letzten Jahren so oft von ihrer Berührung geträumt, ohne die Hoffnung, jemals wieder eine Chance zu bekommen, mit Lilly zusammen zu sein. Er hatte sich mit diesem Schicksal abgefunden. Aber jetzt konnte er es nicht länger akzeptieren. Er brauchte sie in seinem Leben.

Jack zog Lilly das Oberteil über den Kopf und warf es auf den Wohnzimmertisch. Als sein Blick auf ihren schwarzen Spitzen-BH fiel, stockte ihm der Atem. Ihre cremefarbene Haut lud ihn ein, sie zu erkunden. Er senkte seinen Kopf in das Tal zwischen ihren Brüsten und gab ihr keine Chance, ihn weiter auszuziehen. Er küsste ihre zarte Haut, umfasste ihre Rundungen mit den Händen und ließ dann seine Daumen unter den Stoff gleiten und streichelte ihre Nippel. Sie hatte harte kleine Knospen, die auf seine Berührung reagierten.

Lilly schnappte nach Luft. „Jack ..."

Ungeduldig schob er die Träger beiseite, damit er seine Hände vollständig in die Körbchen ihres BHs schieben und ihre wunderschönen Brüste in Besitz nehmen konnte. Er knetete sie und liebte das Gefühl, sie vor Lust zum Stöhnen zu bringen.

Lilly legte ihren Kopf in den Nacken und gab sich seiner Berührung hin, während er ihre weiche Haut liebkoste. Plötzlich fiel der BH herunter und Jack bemerkte, dass Lilly den Verschluss im Rücken geöffnet hatte.

Er drückte Lilly auf das Sofa zurück, öffnete den Reißverschluss an ihrem Rock und zog ihn ihr über die Hüften herunter. Sie trug nur ein winziges Höschen. Lilly sah ihn an und lud ihn ein, sie zu nehmen. Es dauerte einen Augenblick, bis er sich endlich seiner eigenen Kleidung entledigt hatte. Jetzt trennten sie nur noch seine Boxershorts und ihr Höschen. Er sah sie an und genoss den Anblick, bevor er sie von ihrem Slip befreite.

Wie eine Opfergabe lag sie vor ihm, völlig nackt, ihre Brustwarzen hart, ihre Haut glänzend. Er konnte ihre Erregung spüren und tauchte seinen Kopf zwischen ihre Beine, um sie zu kosten. Sie keuchte überrascht auf und ihr Schoß drängte sich ihm entgegen, begrüßte seinen Mund und seine Zunge, lud ihn ein, sie zu erkunden. Sie schmeckte wie ein frischer Frühlingsmorgen nach dem Regen, und er ließ seiner Fantasie freien Lauf, dass sie eines Tages ein gemeinsames Leben führen würden.

In seinen Boxershorts drückte seine

Erektion gegen ihr Gefängnis und verlangte, befreit zu werden, aber trotz seines wachsenden Verlangens konnte er dem nicht nachgeben.

Unter ihm stöhnte Lilly und rief seinen Namen. Er neckte sie mit seiner Zunge, strich damit über ihr Lustzentrum und spürte, wie ihre Erregung zunahm. Sie rieb sich an seinem Mund.

„Jack! Bitte, ich brauche dich in mir."

Er hob für einen Moment den Kopf. „Lilly, ich kann nicht. Ich habe hier keine Kondome."

Sie hob den Kopf und starrte ihn an. „Verdammt noch mal, Jack." Dann lachte sie plötzlich. „Ich nehme die Pille."

Er grinste. „Warum hast du das nicht gleich gesagt?"

„Du hast nicht gefragt."

Er erhob sich und zog seine Boxershorts aus. Sein voll erigierter Schwanz sprang heraus.

„Mmm", sagte sie und leckte sich über die Lippen.

Bevor er sie aufhalten konnte, setzte sie sich auf und legte ihre Lippen um seine

Schwanzspitze und nahm ihn tief in ihren warmen Mund.

„Fuck, Lilly!"

Ein paar Sekunden lang ließ er sie lecken und genoss ihre meisterhafte Berührung. Aber dann zog er sich aus ihrem Mund heraus. „Du spielst mit einer geladenen Waffe, Baby."

„Dann solltest du sie vielleicht benutzen." Sie warf ihm einen koketten Blick zu.

„Wie du willst."

Er drückte sie zurück auf die Couch und ließ sich zwischen ihren Schenkeln nieder, bevor er seinen Schwanz an ihrer Muschi rieb. Er fühlte ihre Feuchtigkeit und Wärme, während sie ihre Hände auf seine Hüften legte und ihn an sich zog. Er stieß bis zum Anschlag in sie hinein, schloss die Augen und atmete aus.

„Fuck!"

Als er seine Augen öffnete, begegnete er ihrem Blick. Sie lächelte ihn an.

„Ich habe dich vermisst", murmelte sie.

„Ich habe dich mehr vermisst."

Mit langen Stößen begann er sie zu reiten, während er seine Lippen auf ihre senkte. Ihre Körper bewegten sich synchron, als hätten sie das schon eine Million Mal gemacht, obwohl sie in Wahrheit nur eine Nacht zusammen verbracht hatten. Aber genau wie vor sieben Jahren funkte es. So etwas hatte er noch nie mit einer anderen Frau erlebt. Er hatte nie diese Verbindung gespürt, die er zu Lilly empfand. Sie schien instinktiv zu wissen, was er wollte und brauchte. Ebenso wie er wusste, wie er sie beglücken konnte, ohne dass sie es ihm sagen musste. Alles fühlte sich perfekt an, als wären sie füreinander bestimmt.

Lillys innere Muskeln packten ihn wie eine feste Faust, und ihre Nässe fühlte sich an, als würde er in warme Seide gleiten. Er konnte nicht genug davon bekommen und verkniff sich den Wunsch zu kommen. Nein, er wollte mehr von dem Vergnügen, das sie einander bereiteten, wollte es verlängern, denn er wusste nicht, ob sie noch einen Tag, eine Woche oder einen Monat haben würden. Er musste in dieser einen Nacht ein ganzes Leben leben und es fühlte sich an, als ginge es Lilly ebenso. Sie könnten morgen oder übermorgen sterben. Das Leben war nicht sicher, aber ihre Verbindung schon.

Er war kein Mann vieler Worte, wusste nicht, wie er Lilly sagen sollte, was er für sie empfand, aber er konnte es ihr mit seinem Körper zeigen.

Als er sich nicht länger zurückhalten konnte, sah er ihr in die Augen. „Lilly", murmelte er. Er fand nicht die Worte, die sie verdiente. Dass er sie liebte, dass er sie immer geliebt hatte. Denn diese Worte waren mit einem Versprechen verbunden, das er nicht geben konnte, aus Angst, er würde es irgendwann brechen müssen.

Lilly bebte unter ihm und Jack ließ sich gehen. Er ergoss sich in sie, während er hart und tief in sie stieß. Als sie beide zur Ruhe gekommen waren und ihr Atem einen langsameren Rhythmus gefunden hatte, drückte Jack ihr einen federleichten Kuss auf die Lippen und streichelte ihr Gesicht.

„Jack?"

„Ja?"

„Ich weiß, du kannst mir nichts versprechen ... aber ..."

„Aber was?", fragte er leise und hoffte, dass er die Macht hatte, ihr zu geben, was auch immer sie von ihm wollte.

„Versprich mir, dass du morgen früh hier bist. Nur dieses eine Mal möchte ich mit dir aufwachen."

„Ich werde da sein. Aber ich kann dir nicht versprechen, dass wir zusammen aufwachen." Er zwinkerte. „Das würde bedeuten, dass wir tatsächlich schlafen werden. Und das kann ich nicht garantieren." Er bewegte seinen immer noch halbharten Schwanz langsam hin und her. „Es sei denn, du hast genug."

Lilly legte beide Hände auf seinen Hintern, um ihn fest an sich zu drücken. „Ich bin bereit für Runde zwei, aber wenn du eine Pause brauchst, warte ich."

Er schmunzelte. „Gib mir fünf Minuten und ich bin ganz der Deine."

12

Lilly war auf einen Schlag hellwach. Einen Moment lang hatte sie keine Ahnung, wo sie war. Es war immer noch dunkel, obwohl ein wenig Licht durch die Jalousien in den Raum drang. Das Bett war nicht ihr eigenes, aber die Wärme darin gab ihr ein vertrautes, geborgenes Gefühl. Dann erinnerte sie sich an die vergangenen zwölf Stunden.

Neben ihr glänzte Jacks nackter Körper vor Schweiß und er wälzte sich unruhig hin und her. Er stöhnte und Lilly begriff, dass er einen Alptraum hatte.

PTBS? Sehr wahrscheinlich. Schließlich war

er vor seiner Zeit bei der CIA als Soldat in Kriegsgebieten auf der ganzen Welt im Einsatz gewesen.

Lilly schaltete die Nachttischlampe ein, die ein warmes Licht auf das Bett warf. Sie legte ihre Hände auf Jacks Schultern, um ihn sanft zu wecken. Aber er murmelte weiter etwas Unverständliches und bewegte seinen Kopf hin und her. Unter ihren Händen spannten sich seine Muskeln an und plötzlich schüttelte er ihre Hände ab, packte sie und warf sie auf den Rücken. Ihr blieb die Luft weg.

„Jack, hör auf!", schrie sie.

Er erstarrte plötzlich, immer noch über ihr. Es dauerte eine Sekunde, bis sein Blick klar wurde und er sie endlich erkannte.

Mit einem Fluch ließ er sie los und setzte sich zurück auf seine Fersen.

„Scheiße! Lilly, es tut mir so leid. Habe ich dir wehgetan?"

Sie setzte sich auf, immer noch ein wenig erschüttert, aber nicht verletzt. „Nein, hast du nicht. Mir geht's gut. Du hattest einen Alptraum."

Er atmete ein paarmal tief durch. „Kein Alptraum. Eine Vorahnung."

„Oh! Du hast die im Schlaf?", fragte sie neugierig, da Jack am Vorabend nicht viel über dieses Thema erzählt hatte.

„Nein."

„Aber –"

„Was ich meine, ist, normalerweise nicht. Ich bekomme die Vorahnungen, wenn ich wach bin. Dies ist die Einzige, die ich nur im Schlaf bekomme. Ich hatte dieselbe Vorahnung schon viele Male."

„Willst du damit sagen, dass du immer wieder dieselbe Vision hast?"

„Nur diese. Und ich bin nicht der Einzige, der sie bekommt. Die anderen Stargate-Agenten haben dieselbe. Aber niemand hat bisher herausgefunden, was sie bedeutet."

„Was seht ihr alle?"

„Das ist es eben, wir sehen alle etwas anderes, aber wir wissen, dass wir dasselbe sehen."

Sie runzelte die Stirn. „Ähm, das ergibt keinen Sinn. Woher willst du das wissen, wenn ihr alle etwas anderes seht?"

„Es ist ein Gefühl, das wir alle haben. Wir wissen, dass es das Finale ist, ein großes Ereignis, das wir verhindern sollen."

Es klang bedrohlich. „Was für ein Ereignis?"

„Wir sind uns nicht sicher. Da ist eine gewaltige Explosion, Leichen, eine Schockwelle ..." Er fuhr sich mit einer zitternden Hand durchs Haar. „Ich spüre eine Explosion ..." Er zögerte. „Ich bin irgendwo in Washington D. C. und sehe das Weiße Haus, dann spüre ich die Schockwelle von einer Explosion irgendwo hinter mir, aber in dem Moment, in dem ich mich umdrehe, endet die Vorahnung."

Jetzt zitterte Lilly und zog instinktiv die Bettdecke weiter über ihren nackten Körper. „Treten alle deine Vorahnungen ein?"

Er nickte. „Bisher ja. Das heißt, wenn ich mich nicht einmische und das Resultat ändere, wie ich es gestern getan habe. Ich konnte die Ereignisse aus meinen Vorahnungen nicht immer verhindern, insbesondere in den letzten drei Jahren nicht. Es ist riskant."

Sie starrte ihn an. „Inwiefern riskant?"

„Weil ich erkannt werden könnte."

„Aber du hattest doch eine plastische Operation. Nicht einmal ich habe dich erkannt."

„Nicht durch mein Gesicht, sondern durch das, was ich tue: eine drohende Katastrophe verhindern. Wer auch immer die Stargate-Agenten jagt, schaut in den Nachrichten nach Leuten, die Vorkenntnis von einem Unfall oder einem anderen Unglück hatten und eingreifen."

Ihr Herz schlug jetzt wie wild. „Glaubst du, jemand hat gesehen, dass du mich gestern vor dem Attentäter gerettet hast?"

Einen Moment lang schwieg Jack und dachte über seine Antwort nach. „Ja, der Scharfschütze hat es gesehen. Deshalb musste ich dich schnell von dort wegbringen und das Auto wechseln. Ich bin mir sicher, dass er seinem Auftraggeber bereits von meiner Tat berichtet hat. Und Mr. Smith hat höchstwahrscheinlich bereits zwei und zwei zusammengezählt und erkannt, dass ich einer der Männer bin, die er jagt."

„Stopp! Mr. Smith? Du kennst ihn?"

„Nein. Aber wir wissen, dass er sich Smith

nennt, weil Fox' Freundin Kontakt zu ihm hatte."

„Sie weiß also, wie er aussieht."

„Ich fürchte nein. Er hat dafür gesorgt, dass sie ihn nie zu Gesicht bekam."

„Verdammt." Dann erinnerte sie sich an etwas anderes. „Aber das bedeutet, dass Smith jetzt dein neues Gesicht kennt. Ich meine, wenn der Schütze es gesehen hat."

„Ja, das könnte sein. Aber da es auf der Plaza keine Kameras gibt, bezweifle ich, dass er einen richtig guten Blick auf mein Gesicht ergattern konnte, selbst wenn er mich durch sein Zielfernrohr gesehen hat. Er war zu sehr damit beschäftigt, auf dich zu zielen." Jack schwang seine Beine aus dem Bett. „Aber wir müssen von nun an zusätzliche Vorsichtsmaßnahmen treffen."

„Was hast du vor?"

„Wir müssen zu Ace und Fox. Wir sollten duschen und uns fertigmachen."

Sie nickte. „Das bedeutet wohl, dass ich nicht in meine Wohnung zurückgehen kann, um ein paar Sachen zu holen?"

Er warf ihr einen bedauernden Blick zu.

„Lieber nicht. Ich werde versuchen, dir auf andere Weise zu besorgen, was du brauchst."

„In Ordnung", sagte sie und schluckte schwer. Aber sie akzeptierte die bittere Tatsache, dass ihr normales Leben vorbei war und ihre Karriere den Bach hinuntergehen würde.

Vielleicht würde sich das Leben wieder normalisieren, wenn all dies vorbei war, wenn Jack und seine Freunde den mysteriösen Mr. Smith gefunden und ihm einen Strich durch die Rechnung gemacht hatten. Mit einem Unterschied: Sie und Jack hätten die Chance auf ein gemeinsames Leben.

Im Moment besaß Lilly nur die wenigen Dinge, die sie in ihrer Handtasche bei sich trug. Es war nicht viel, aber für den Moment musste es reichen.

Sie duschten und zogen sich an. Während Jack in die Garage ging, kochte Lilly Kaffee. Sie goss sich eine Tasse ein und dann eine für Jack. Er war immer noch in der Garage, also öffnete sie die Tür und gesellte sich zu ihm.

Sie fand ihn hinter dem Lieferwagen, wo er

in der Hocke saß und ein Nummernschild an den Van schraubte.

„Was machst du?", fragte sie, als sie ihm die Kaffeetasse reichte.

„Das Nummernschild auswechseln, nur für den Fall, dass es irgendwie entdeckt wurde."

„Aber du warst so vorsichtig. Du bist nicht mit dem Lieferwagen zu Delta Labs gefahren. Du hast ein anderes Auto benutzt." Eines, das höchstwahrscheinlich auch *geliehen* war, wie das, mit dem sie zum Gebäude des Gerichtsmediziners gefahren waren.

„Wenn diejenigen, die hinter dir her sind, die Verkehrskameras überwachen, könnten sie uns möglicherweise bis zu dem Parkhaus verfolgt haben, in dem wir umgestiegen sind. Es ist möglich, dass sie allen Wagen aus der Garage gefolgt sind, als sie bemerkt hatten, dass ich den Toyota dort abgestellt hatte. Obwohl ich versucht habe, Wege zu benutzen, auf denen es nicht viele Kameras gibt."

„Du denkst also, sie könnten das Kennzeichen haben?"

Jack nahm einen Schluck von seinem

Kaffee. „Ja. Und dass sie nach einem weißen Lieferwagen Ausschau halten." Er ging um den Lieferwagen herum und öffnete dann einen großen Schrank.

Lilly schaute hinein. „Was ist das?"

„Aufkleber", sagte Jack und durchwühlte die Gegenstände. „Ich muss den Lieferwagen tarnen. Ich kann ihn nicht einfach weiß lassen. Je mehr ich ihn verändern kann, desto besser." Er zog mehrere große Aufkleber aus dem Schrank. „Willst du mir helfen?"

„Sicher." Sie stellte ihre Kaffeetasse auf die Werkbank.

Jack reichte ihr ein Label so groß wie eine Aktentasche. Darauf waren eine Telefonnummer und der Äskulapstab abgebildet, dass internationale Sinnbild der Heilkunst.

„Du willst den Van in einen Krankenwagen verwandeln?", fragte sie zweifelnd.

„Keinen Krankenwagen." Er klebte noch ein viel größeres Schild an eine der Seitenwände des Lieferwagens und deutete darauf. „Krankentransport. Für unser Ziel genau richtig."

„Wo fahren wir hin?"
„In eine Entzugsklinik."
„Für Alkoholiker?"
„Du wirst schon sehen."

13

Diesmal wechselte Jack den Lieferwagen nicht gegen ein Auto aus einem Parkhaus. Stattdessen fuhren sie etwa eine halbe Stunde durch die Stadt und machten viele Umwege. Laut Jack war das notwendig, um sicherzustellen, dass ihnen niemand folgen konnte. Schließlich hielten sie vor einem Eisentor.

Lilly las das Schild.

Sober Living Rehabilitation Center.

Hinter dem Tor entdeckte sie eine große alte Villa, die von einem üppigen Garten mit alten Bäumen und Sträuchern umgeben war.

Lilly sah zu Jack, der sein Handy zückte. Auf der Fahrt hatten sie nicht viel miteinander gesprochen. Jack hatte sich auf den Verkehr konzentriert und ständig in den Rückspiegel geschaut, um zu sehen, ob sie beschattet wurden.

„Hey Ace", sagte Jack ins Telefon. „Kannst du das Tor öffnen? Wir sind draußen."

Es gab eine kurze Pause, dann sagte Jack: „Ja, Lilly ist bei mir."

Er beendete das Gespräch und einen Augenblick später glitt das Eisentor zur Seite. Jack legte den Gang ein und fuhr hindurch. Anstatt vor dem Haus anzuhalten, fuhr er links an ein paar großen Bäumen vorbei, bis eine freistehende Garage in Sicht kam. Jack stoppte den Lieferwagen davor und stellte den Motor ab.

Er sah Lilly an und drückte ihre Hand. „Komm, ich stelle dich allen vor."

Sie stiegen aus dem Wagen und näherten sich dem Haus von hinten. Eine Tür öffnete sich und ein gut aussehender dunkelhaariger Mann wartete an der Schwelle auf sie. Er sah aus, als wäre er Mitte bis Ende dreißig. Seine

Kleidung war lässig, aber sein Blick war wachsam.

Statt einer Begrüßung wandte er sich an Jack. „Du hast dafür gesorgt, dass dir niemand gefolgt ist?"

„Ich habe ein paar Umwege gemacht. Wir sind sauber."

„Gute Idee mit dem Van", sagte er und deutete darauf. Dann warf er Lilly einen langen Blick zu, bevor er seine Hand zum Gruß ausstreckte. „Ich bin Ace. Aber du kannst mich Scott nennen. Schön dich kennenzulernen, Lilly. Mein herzliches Beileid."

Lilly schüttelte ihm die Hand. „Danke."

„Lasst uns reingehen", schlug Ace vor und gemeinsam traten sie ein und schlossen die Tür hinter sich.

Sie standen in einer großen Wohnküche, die aussah, als könnte sie eine Armee ernähren. Bis auf ein paar benutzte Kaffeetassen auf der Theke war sie sauber. Der Geruch von Speck hing in der Luft und plötzlich spürte Lilly, wie hungrig sie war. Am Vorabend hatte sie nur ein paar Cracker und Käse gegessen, während sie auf Jacks

Rückkehr gewartet hatte. Und die Tasse Kaffee am Morgen hatte ihren Bauch auch nicht gefüllt.

„Hungrig?", fragte Jack.

„Es ist okay", sagte sie schnell.

Ace führte sie durch die Küche zu einem großen Foyer. Lilly sah sich um. Es war still, als wäre das Haus verlassen.

„Das ist keine Entzugsklinik, oder?", fragte sie.

„Nur von draußen", sagte Ace. „Das hält uns neugierige Nachbarn vom Hals." Dann zeigte er auf eine Tür. „Hier entlang."

Aber bevor sie die Tür erreichten, erklang eine weibliche Stimme von der Treppe.

„Hey Jack, du hast also Lilly mitgebracht."

Lilly drehte sich um und sah eine schwangere junge Frau die Treppe herunterkommen.

„Ich hatte keine andere Wahl", sagte Jack. „Der Attentäter wird es noch einmal versuchen."

„Lilly", sagte Ace, „darf ich dir meine Verlobte Phoebe vorstellen?"

Lilly bemerkte, wie Phoebe Ace ein sanftes

Lächeln schenkte. Dann riss Phoebe ihren Blick von ihm los und ging auf Lilly zu.

„Es ist so schön, dich kennenzulernen."

„Schön dich auch kennenzulernen, Phoebe."

„Darf ich dich um einen Gefallen bitten?", fragte Jack und wandte sich an Phoebe. „Lilly kann nicht in ihre Wohnung zurück und außer ihrer Handtasche hat sie nichts bei sich ..."

„Sag nichts mehr", unterbrach Phoebe. „Michelle und ich haben genug Klamotten und Schuhe, die wir dir leihen können." Dann lächelte sie Lilly an. „Du hast ungefähr meine Größe." Sie kicherte. „Oder die Größe, die ich vor meiner Schwangerschaft hatte." Sie legte eine Hand auf ihren Bauch.

„Danke, das ist sehr nett von dir."

„Warum nimmst du Lilly nicht mit nach oben", schlug Ace vor, „während wir uns um den Rest kümmern?"

„Komm mit", sagte Phoebe.

Lilly zögerte.

„Schon gut", sagte Jack. „Hier bist du sicher." Er warf Ace einen Blick zu. „Steht dein

Angebot noch, dass wir hier übernachten können?"

„Natürlich." Ace sah seine Verlobte an. „Kannst du sie bitte im vorderen Gästezimmer unterbringen?"

„Na sicher. Komm", sagte Phoebe.

Diesmal folgte Lilly ihrer Einladung und sie stiegen Seite an Seite die große Treppe hinauf.

„Das Haus ist wunderschön", meinte Lilly.

„Ja, nicht wahr? Es gehört Scott."

„Wohnt ihr nur zu zweit hier? Ich meine, das hier ist keine Entzugsklinik, oder? Die Klinik ist nur eine Fassade", fügte Lilly hinzu.

„Ja, wir sind nur zu zweit ... und bald wird dieser kleine Junge zu uns stoßen."

„Du weißt das Geschlecht des Babys schon? Ich wusste nicht, dass sie das so früh sagen können. Du kannst maximal im fünften Monat sein."

„Du hast ein gutes Auge", sagte Phoebe. „Ich kenne das Geschlecht des Babys nur, weil Scott eine Vorahnung hatte. Er weiß bereits, wie unser kleiner Junge aussehen wird."

Als Phoebe die Tür zu einem großen

Schlafzimmer öffnete, sagte Lilly: „Ich versuche immer noch, mich daran zu gewöhnen, dass es echte Hellseher gibt."

„Tja, sie nennen sich lieber Präkognitive, aber ja, sie können Dinge voraussagen. Zum Glück, sonst wäre ich gar nicht hier."

Lilly sah Phoebe an. „Was ist geschehen?"

Phoebe ging zu einem großen begehbaren Kleiderschrank und Lilly folgte ihr.

„Irgendein Irrer hat mich und zwei Dutzend Kinder in einen Schulbus gesperrt und auf den Gleisen angehalten."

„Oh mein Gott!"

„Scott hatte eine Vorahnung und er hat mich und alle Kinder gerettet. Ich bekomme immer noch eine Gänsehaut bei dem Gedanken, was passieren hätte können, wenn er es nicht rechtzeitig geschafft hätte."

„Ich kann mir kaum vorstellen, wie viel Angst du und deine Schüler gehabt haben müsst. Du bist also Lehrerin?"

Sie lachte und schüttelte den Kopf. „Ich hätte nicht die Geduld für eine Horde Drittklässler. Nein, ich bin Reporterin.

Jedenfalls war ich das, bevor ich mit Scott untertauchen musste."

Lilly nickte. „Ja, ich schätze, das kommt jetzt auch auf mich zu."

„Nachdem Jack gestern anrief, hat Scott mir erzählt, was passiert ist. Und dann sah ich später den Nachrichtenbericht. Du musst vollkommen fertig sein."

„Zuerst war ich voller Adrenalin und wusste nicht wirklich, was vor sich ging. Das ist mir erst später richtig bewusst geworden, weißt du?"

„Das ist immer so. Aber jetzt bist du hier und wir werden dich beschützen." Dann zeigte sie auf die Kleidung. „Lass uns jetzt sehen, ob dir einige dieser Sachen passen. Außerdem hast du Glück: Ich habe gerade neue Unterwäsche bestellt und sie ist noch originalverpackt. Die kannst du nehmen. Und ich bin sicher, Michelle hat auch ein paar Sachen, die dir passen könnten. Welche Schuhgröße hast du?"

„Achtunddreißig."

„Ich habe Größe neununddreißig, aber ich glaube, Michelle trägt deine Größe."

„Habe ich meinen Namen gehört?", erklang die Stimme einer Frau aus dem Schlafzimmer.

„Wir sind im Kleiderschrank, Michelle", rief Phoebe.

Einen Moment später tauchte eine hübsche Frau Mitte dreißig auf. „Hey! Du musst Lilly sein. Ich bin Michelle, Nicks Freundin."

„Hallo Michelle, schön dich kennenzulernen." Lilly schüttelte ihr die Hand.

„Die Jungs sagten, du wärst hier oben und wühlst Klamotten durch", sagte Michelle.

„Ja", sagte Phoebe, „Lilly kann nicht nach Hause zurück, also braucht sie ein paar Sachen. Ihre Schuhgröße ist achtunddreißig. Was ist deine Größe?"

„Tut mir leid, ich trage nur Größe sechsunddreißig. Lass mich dir ein paar Schuhe bestellen", schlug Michelle vor, zückte bereits ihr Handy und begann darauf zu tippen. „Du brauchst Turnschuhe, Sandalen ..."

Sie betrachtete Lillys Schuhe. Es waren Pumps, die sie zur Arbeit trug und die inzwischen ihre Füße quälten.

„Ja, du willst wahrscheinlich nichts zu elegantes. Ich wähle immer vernünftige

Schuhe aus, nur für den Fall, dass ich flüchten muss." Michelle und Phoebe wechselten einen Blick.

„Geht mir auch so", sagte Phoebe.

„Okay", sagte Lilly. „Ich gebe dir meine Kreditkarte für die Bestellung."

Sie wühlte in ihrer Handtasche, aber Michelle legte ihr die Hand auf den Arm.

„Am besten vergisst du sofort, dass du eine Kreditkarte besitzt. Die kannst du nicht mehr benutzen, sonst wird man dich finden."

„Aber wie, ich meine, wo soll ich dann Geld herbekommen?"

„Ich kümmere mich darum", sagte Michelle.

„Aber ich kann dein Geld nicht einfach annehmen."

Michelle grinste. „Oh, das ist nicht mein Geld."

Lilly starrte sie verwirrt an. „Wessen Geld ist es dann?"

„Das einiger russischer Oligarchen oder anderer reicher Leute, die den Überblick verloren haben, wie viel sie besitzen", sagte Michelle leichthin. „Ich wechsle immer die

Quellen, damit niemand Wind von dem bekommt, was ich tue."

„Wie?"

„Ich bin ein Hacker. Es ist wirklich total einfach, wenn man weiß, wie es funktioniert." Sie zuckte mit den Schultern.

„Und es ist ein Glücksfall", sagte Phoebe. „Sonst könnten Scott und ich dieses Haus nicht unterhalten. Bis vor etwa einer Woche, bevor wir Nick und Michelle gefunden haben, waren wir ziemlich pleite. Das Haus gehört Scott, obwohl es nicht auf seinen Namen läuft, damit seine Feinde ihn nicht finden können. Und es ist nicht so, als könnte einer von uns einen Job annehmen, nicht solange Scott auf der Flucht ist. Und wir mussten einiges ausgeben, um die Sicherheitsvorkehrungen hier zu verstärken. Das Haus stand jahrelang leer, nachdem sein Vater ermordet wurde."

„Sein Vater? War er auch bei der CIA?"

„Ja, er hat das Programm geleitet, dem Scott, Nick und Jack angehörten."

„Willst du damit sagen, dass Henry Sheppard Scotts Vater war?"

Phoebe nickte. „Sein Adoptivvater."

Kein Wunder, dass Jack mit Sicherheit wusste, dass der Mann, mit dem Lilly telefoniert hatte, nicht Henry Sheppard gewesen sein konnte.

Lilly atmete tief durch. „Das ist alles so überwältigend."

Phoebe schenkte ihr ein freundliches Lächeln. „Wie wäre es, wenn wir uns einen Tee kochen und etwas essen, während wir dir alles erzählen, was du wissen musst?"

„Das klingt perfekt", antwortete Lilly.

14

Im Nervenzentrum der Villa, dem dunkelgrau gestrichenen Computerraum, erzählte Jack Ace und Fox, was er alles bei seiner Suche nach Thomas Reed herausgefunden hatte. Er begann mit dem Besuch bei Rivers Vater im Pflegeheim und dessen seltsamen Gestammel, vom Attentat auf Lilly, dass er wegen einer Vorahnung vereiteln konnte und endete mit dem Tod von Dr. Amy Price durch einen Autounfall mit Fahrerflucht.

„Verdammt!", fluchte Ace. „Diese Ärztin wusste definitiv etwas, von dem unsere Feinde nicht wollen, dass wir es herausfinden. Sie hat sicher einen Bericht oder etwas Ähnliches abgefasst, bevor sie die Sterbeurkunde ausgestellt hat. Es muss doch irgendetwas in ihren Akten geben."

Fox saß bereits am Computer und tippte auf der Tastatur herum. Er war ein talentierter Hacker, und obwohl Jack auch ein paar solcher Fähigkeiten besaß, war Fox der Profi. „Ich schaue nach. Gebt mir ein oder zwei Minuten, um in ihr System zu kommen."

Währenddessen unterhielten sich Jack und Ace weiter.

„Du glaubst also, dass Thomas wirklich tot ist?", fragte Ace.

Jack nickte. „Ich fürchte ja. Wenn er seinen Tod nur vorgetäuscht hätte, wäre Dr. Price noch am Leben. Nein, ich bin mir jetzt ziemlich sicher, dass er von Smith und dessen Handlangern getötet worden ist. Und wir sollen nicht herausfinden, wie er gestorben ist. Andernfalls gäbe es keinen Grund, die Pathologin, die die Sterbeurkunde unterzeichnet hat, zu töten oder die Einäscherungsurkunde zu fälschen. Oder ihn überhaupt einzuäschern, obwohl ich weiß, dass er keine Einäscherung wollte. Sie wollen nicht, dass wir die Leiche finden. Das würde uns helfen, herauszufinden, was passiert ist."

„Und uns wahrscheinlich zu Smith führen. Ich stimme dir zu", sagte Ace. „Die Frage ist, wie." Er blickte über seine Schulter zu der Stelle, wo Fox arbeitete. „Hast du irgendetwas?"

„Ich gehe gerade die Akten durch", sagte Fox. „Aber auf den ersten Blick steht hier nichts über Thomas Reed. Ich habe alle Ordner durchsucht. Wenn es eine Akte über eine Autopsie gab, die dort unter der Aufsicht von Dr. Price durchgeführt wurde, dann hat sie jemand gelöscht. Meine Vermutung ist allerdings, dass es nie eine Datei gab."

Jack nickte. „Macht Sinn. Sie wollen keine Spur hinsichtlich Rivers Todesart hinterlassen. Und da Dr. Price tot ist, stecken wir in der Sackgasse."

„Fox, was könnte uns noch helfen, herauszufinden, wo River war oder was er in den Wochen vor seinem Tod getan hat? Fällt dir noch etwas ein?", fragte Ace.

Fox wandte sich vom Computer ab. „Wenn

er ein Handy bei sich gehabt hätte, selbst wenn es ein Wegwerfhandy gewesen wäre, könnten wir seine Aufenthaltsorte herausfinden – natürlich nur, wenn wir die Nummer kennen würden. Aber ihr wisst genauso gut wie ich, wie vorsichtig er bestimmt war. Seine Nummer hätte er nur jemandem gegeben, dem er voll und ganz vertraut hat."

„Das ist es", sagte Jack. „Vielleicht hat er Lilly angerufen. Sie stand ihm sehr nahe." Er erhob sich. „Lass mich sie holen." Bevor er die Tür erreichte, ertönte ein leises Klingeln aus einem Lautsprecher in der Decke.

„Michelle, kannst du Lilly bitte runter in den Computerraum bringen?", sagte Fox durch die Gegensprechanlage.

Jack warf ihm einen Blick zu. „Klasse."

Ace lächelte. „Erspart uns viel Lauferei."

„Du musst hier eine Menge Verbesserungen vorgenommen haben. Kann nicht billig gewesen sein", kommentierte Jack.

„Ich habe mein ganzes Geld hineingesteckt, aber die Instandhaltung dieses Hauses ist ein anderes Thema." Ace zeigte auf

Fox. „Zum Glück hatten dieser Typ und seine Freundin eine geniale Idee: von den Reichen zu stehlen, um einen guten Zweck zu unterstützen."

„Der gute Zweck besteht darin, Stargate wieder zusammenzubringen", warf Fox ein.

„Wollt ihr damit sagen, dass ihr die Bankkonten reicher Leute hackt, um das alles zu finanzieren?", fragte Jack.

Fox grinste. „Nicht die Konten irgendwelcher x-beliebigen reichen Leute, sondern nur von reichen Leuten, die ihr Geld vor dem Finanzamt verstecken. Wir werden also wirklich von der Regierung finanziert, weil das abgezweigte Geld normalerweise ans Finanzamt geflossen wäre."

„Du bist ein wahrer Robin Hood." Jack lachte. „Ace, wie hast du dir deinen Lebensunterhalt finanziert, bevor Fox und Michelle auftauchten? Ich meine, die beiden sind doch erst vor zehn Tagen auf deinem Radar erschienen."

„Ob du's glaubst oder nicht, ich habe über drei Jahre lang Motorräder repariert und dabei jeden Cent gespart. Und von meinem Vater war noch ein bisschen Geld übrig. Damit habe ich die rechtlichen Schritte finanziert, die notwendig waren, um dieses Haus zu behalten. Und um sicherzustellen, dass niemand erfährt, dass es mir noch gehört." Dann deutete er mit dem Kinn auf Jack. „Und du? Wie hast du dich über Wasser gehalten?"

„Tja, nachdem ich meinen letzten Cent für Schönheitsoperationen ausgegeben hatte, damit ich in D. C. bleiben konnte, arbeitete ich freiberuflich für einen Kautionsagenten, wann immer ich Geld brauchte."

„Du warst Kopfgeldjäger?", fragte Fox und schüttelte den Kopf. „Warum habe ich daran nicht gedacht? Stattdessen schuftete ich als freiberuflicher Website-Designer."

„Damit hast du wahrscheinlich mehr Geld verdient als ich mit den gelegentlichen Kopfgeldern, die ich kassiert habe", sagte Jack.

Plötzlich öffnete sich die Tür und Lilly trat ein. „Hey."

„Lilly, das ist Fox", sagte Jack.

„Du kannst mich Nick nennen", sagte dieser und hob grüßend die Hand.

„Hallo Nick. Schön, dich kennenzulernen." Dann sah sie Jack an. „Du wolltest mich sehen?"

„Ja. Wir haben gerade über Thomas gesprochen und uns gefragt, ob er dich in den Wochen vor seinem Tod angerufen hat", sagte Jack.

„Sein letzter Anruf kam ungefähr zwei Wochen vor seinem Tod, glaube ich."

„Hast du die Nummer gesehen, von der er dich angerufen hat?", fragte Jack.

„Nein, seine Anrufe wurden immer mit *Anonym* oder *Unbekannte Nummer* angezeigt."

„Bist du sicher?"

Lilly seufzte. „Ich bin mir sicher und ich würde dir auch meine Anrufliste zeigen, aber du hast mein Handy aus dem Auto geworfen."

Jack begann mit einer Entschuldigung. „Ähm ..."

Aber Fox unterbrach ihn. „Keine Sorge, ich kann das überprüfen, wenn du mir deine Nummer gibst. Jack hat auch gesagt, dass du den Ausweis deines Cousins und die Nummer von Henry Sheppard in einem Versteck gefunden hast, das wohl für dich bestimmt war?"

„Das stimmt."

„War das alles, was er dir hinterlassen hat? Keine anderen Dokumente? Gar nichts?", fragte Fox.

„Nein, das ist alles ... ähm, außer einem leeren USB-Stick. Tut mir leid, dass ich nicht weiterhelfen kann ..."

„Ein leerer USB-Stick?", fragte Fox und klang aufgeregt. „Hast du ihn noch?"

„Aber da ist nichts drauf. Ich habe ihn selbst überprüft."

„Vielleicht doch", sagte Fox. „Hast du ihn behalten?"

„Ich glaube, ich habe ihn in meine Handtasche gesteckt." Sie öffnete ihre Tasche und durchwühlte sie. Nach einer gefühlten Ewigkeit fand sie den Datenträger. „Das ist er."

Sie reichte ihn Fox, der ihn sofort in einen USB-Anschluss steckte und anfing, seine Tastatur zu bearbeiten. Jack näherte sich und blickte über Fox' Schulter zum Bildschirm.

„Du suchst nach versteckten Dateien?", fragte Jack.

„Ja. River hatte das gleiche Training wie der Rest von uns. Auch wenn er vielleicht kein Computergenie war wie ich" – Ace lachte hinter ihnen – „kannte er doch die Grundlagen, wie man ein Verzeichnis so versteckt, dass es aussieht, als wäre der Stick leer."

Plötzlich öffnete sich ein Fenster auf dem Bildschirm und es piepte.

„Voilà!", sagte Fox. „Genau, wie ich mir dachte. Jetzt brauchen wir nur noch das Passwort."

Lilly trat neben Jack und schaute auf den Bildschirm. „Beeindruckend. Du hattest recht."

„Ja, das passiert oft", sagte Fox.

„Kannst du dort klicken, wo man einen Hinweis auf das Passwort bekommt?", fragte sie.

Fox klickte darauf und eine Frage tauchte auf. „Welches Kaninchen, außer einem alten, hat seinen Fuß in einem Topf ohne Deckel?", las er laut vor. „Das ergibt verdammt noch mal null Sinn."

„Oh mein Gott, unser Code", sagte Lilly mit verblüfftem Gesichtsausdruck.

„Welcher Code?", fragte Jack.

„Als wir Kinder waren, entwickelten Thomas und ich diesen Code, um uns gegenseitig geheime Nachrichten zu schicken, also E-Mails, die ein Passwort erforderten. Und der Hinweis stand immer in der Betreffzeile." Sie schüttelte den Kopf, plötzlich traten ihr Tränen in die Augen. „Thomas hatte recht. Er wusste es die ganze Zeit."

„Wusste was?", fragte Jack.

„Damals fand ich es albern. Er sagte, dass ich eines Tages ein Passwort brauchen würde und er nicht da wäre, um es mir zu geben. Ich würde es selbst herausfinden müssen. Er war derjenige, der sich das Spiel ausgedacht hat. Er hat es mir eingebläut." Sie sah Jack in die Augen. „Er sah es voraus. Er hat es schon damals gesehen. Jetzt ergibt alles einen Sinn."

Jack nahm ihre Hand und drückte sie. „Du meinst, er hat das vorhergesehen?"

„Ja."

Fox blickte über seine Schulter. „Wie funktioniert es?"

„Ich versuche, mich zu erinnern. Jedes Wort ist entweder ein Platzhalter oder ein Zähler für etwas. Der Satz hat dreizehn Wörter.

Dreizehn bedeute die Uhrzeit, also 1PM. Der Hase ist ein Tier, also 1t. Alt war damals jeder, der über sechzig war, also >60. Ohne bedeutet, dass die Anzahl der folgenden Wörter subtrahiert werden muss, also -1. Das Passwort lautet also 1PM1t>60-1.“

„Bist du sicher?“, fragte Fox.

„Tipp es ein.“

Fox tippte das Passwort ein und einen Moment später öffnete sich ein Verzeichnis, das eine Videodatei enthielt. Er klickte darauf.

Das Video startete. Es war sofort klar, dass derjenige, der das Video aufgenommen hatte, dies heimlich und durch eine schmutzige Glasscheibe getan hatte. Trotzdem erkannte Jack, dass der große Raum eine Art Lagerhalle war. Der Boden war aus Beton und an der freiliegenden, nicht gestrichenen Decke befanden sich große Lüftungsschlitze und Neonröhren. Auf der einen Seite der Lagerhalle standen Kisten, auf der anderen Seite diverse Maschinen in unterschiedlichen Montagezuständen – als würde jemand eine Fabrik bauen.

„Das sieht aus wie ein MRT-Gerät“, sagte

Ace und deutete auf die große runde Apparatur.

„Ja, es sieht ähnlich aus, aber ich habe noch nie so ein großes gesehen", sagte Lilly. „Außerdem würde niemand medizinische Geräte in einem Raum aufbauen, der eindeutig nicht steril ist. Es sieht dreckig aus."

Die Kamera schwenkte nach links. Dort befanden sich Regale mit bernsteinfarbenen Glasflaschen sowie Infusionsbeuteln, Schachteln mit Injektionsnadeln und Schläuchen für Infusionen. Neben den Regalen stand ein Möbelstück, teilweise noch in eine Plane eingewickelt.

„Sieht aus wie ein Behandlungstisch für eine Klinik", kommentierte Lilly. Dann bewegte sie ihren Kopf näher zum Bildschirm. „Oh mein Gott."

„Was ist es?", fragte Jack.

Sie zeigte auf eine Stelle. „Ich glaube, das sind Fesseln, als ob auf diesem Behandlungstisch jemand festgeschnallt werden soll. Ich habe so etwas während meines Psychiatriepraktikums zum ersten Mal gesehen."

Ace drehte sich zu Lilly um. „Wofür haben sie die benutzt?"

„Für gewalttätige Patienten. Manchmal fiel es den Pflegern schwer, Patienten zu beruhigen, die behandelt werden mussten. Also schnallten sie die Patienten mit diesen Ledergurten fest. Wisst ihr, so wie in Filmen, wenn sie einen elektrischen Stuhl zeigen."

Jack wechselte einen Blick mit Ace und Fox. Beide sahen besorgt aus. Das Video endete.

„Glaubt ihr, dass dies der Grund war, warum Thomas umgebracht wurde?", fragte Jack.

Ace holte tief Luft. „Wir müssen davon ausgehen, dass er diese Aufnahme gemacht hat und dass sie ihm etwas bedeutete. Genug, um das Video für Lilly zu verstecken." Er legte seine Hand auf Fox' Schulter. „Kannst du herausfinden, wo das Video gedreht wurde?"

Fox nickte. „Irgendwo sollten die Geodaten eingebettet sein. River wollte, dass wir den Ort finden, also hätte er die Daten nicht gelöscht."

Fox brauchte nur ein paar Tastaturanschläge,

bis er die gesuchten Daten fand. „Da sind sie, die GPS-Koordinaten." Er öffnete ein anderes Fenster und tippte die GPS-Daten ein. Eine Landkarte öffnete sich. In deren Mitte zeigte eine rote Fahne den entsprechenden Ort.

„Das ist in der Nähe von Great Falls in Virginia, etwa auf halbem Weg von hier bis zum Dulles International Airport", sagte Jack. „Ich denke, wir sollten uns das ansehen."

„Einverstanden", sagte Ace. „Du und ich fahren heute Abend dorthin."

„Ich halte euch von hier aus den Rücken frei", sagte Fox.

„Wie?", fragte Jack.

„Michelle und ich können uns in einen Satelliten hacken und ihn neu positionieren, um ein Bild der Gegend zu bekommen und sicherzustellen, dass ihr nicht in eine Falle tappt. Es wird eine Weile dauern, aber wir dürften das bis heute Abend hinkriegen. Es hat sowieso keinen Sinn, hineinzugehen, bevor es dunkel und ruhig ist."

„Ich komme auch mit", sagte Lilly und sah Jack an.

„Kommt gar nicht infrage", sagte Jack. „Hier bist du am sichersten."

Sie schüttelte den Kopf. „Du brauchst mich." Sie zeigte auf den Monitor. „Das sind medizinische Geräte. Ich bin Ärztin. Ich erkenne, was ich sehe. Ich kann euch sagen, womit wir es zu tun haben. In diesen Regalen stehen eindeutig Medikamente. Ich muss sie aus der Nähe sehen, um herauszufinden, wofür sie sind. Es könnte wichtig sein."

Jack starrte sie an, hin- und hergerissen zwischen dem Wunsch, Lilly zu beschützen und ihr zu erlauben, sie zu begleiten, damit sie ihr Fachwissen zur Verfügung stellen konnte.

„Verdammt Jack, Thomas war mein Cousin. Ich muss herausfinden, was er dort gemacht hat. Und ich kann helfen."

„Na gut."

Er hoffte, dass er diese Entscheidung nicht bereuen würde.

15

Nach einem herzhaften Mittagessen bekamen Jack und Lilly einen Crashkurs über die Sicherheitsmaßnahmen in der Villa. Danach erhielten sie die Gelegenheit, sich das Zimmer anzusehen, das auf absehbare Zeit ihr Zuhause sein würde. Lilly zog die Kleidungsstücke an, die Phoebe ihr geliehen hatte, und am späten Nachmittag trafen die Schuhe ein, die Michelle online für sie bestellt hatte.

Jack brachte die Tasche herein, die er für sich selbst gepackt hatte. Sie enthielt Kleidung sowie alle Gegenstände, anhand derer er identifiziert werden könnte, falls sie gefunden würden: ein paar Fotos, elektronische Geräte und seine Waffen. Das Haus, das er in den letzten drei Jahren als seinen sicheren Unterschlupf betrachtet hatte, beherbergte nun keinerlei persönliche Gegenstände mehr.

Er hatte auch eine Kiste mit Sachen mitgebracht, die zum Verkleiden gedacht waren: Perücken, Bärte, Brillen und Hüte sowie Theaterschminke. Das Zimmer, das Phoebe für sie vorbereitet hatte, war groß und komfortabel, hatte ein eigenes Badezimmer und einen großen Schrank, in dem sie die wenigen Sachen verstauen konnten, die sie mitgebracht hatten.

Während Lilly ein Nickerchen machte, um sich auf die bevorstehende lange Nacht vorzubereiten und den verlorenen Schlaf der vergangenen Nacht nachzuholen, verbrachte Jack den Nachmittag in der Küche, wo er seine Waffen putzte. Er war es gewohnt, mit wenig Schlaf auszukommen. Außerdem hatte er in den letzten drei Jahren immer mit einem offenen Auge geschlafen und sich nie ganz entspannt.

Fox und Michelle waren damit beschäftigt, sich in ein Satellitenkontrollsystem zu hacken, während Ace sich zu Jack in die Küche gesellte.

„Wie lange bist du schon mit Lilly zusammen?", fragte Ace und goss sich eine große Tasse Kaffee ein.

„Wir haben uns vor sieben Jahren bei einem BBQ im Haus von Will Reed, Thomas' Vater, kennengelernt", sagte Jack.

„Das beantwortet meine Frage nicht."

Jack hätte wissen müssen, dass Ace sich nicht von den sorgfältigen Worten in seiner Antwort täuschen lassen würde. Schließlich hatten sie zusammen im Camp trainiert. Jack schaute seinen Stargate-Kollegen direkt an.

„Du bist immer noch scharfsinnig", sagte Jack.

„Muss ich sein, sonst wäre ich schon tot." Ace nahm einen Schluck von seinem Kaffee. „Lass mich raten: Du hast sie erst vor ein paar Tagen getroffen."

„Beinahe wahr. Wir hatten vor sieben Jahren etwas. Ich habe es abgebrochen, als ich Sheppards Programm beigetreten bin. Du kanntest seine Bedingungen."

Ace nickte. „Brich alle Verbindungen ab. Er dachte, es wäre sicherer für uns alle. So sehr ich meinen Vater auch liebte, er lag falsch, obwohl er das Herz am richtigen Fleck trug."

„Er hat auf uns alle aufgepasst. Wenn er uns keine telepathische Nachricht geschickt hätte, als sie ihn erwischt haben, wären wir jetzt alle tot."

„Ich wünschte, ich wüsste, wie er das gemacht hat. Ich war noch nie in der Lage, telepathisch mit einem der anderen Präkognitiven zu kommunizieren. Kannst du es?"

Jack schüttelte den Kopf. „Nein. Ich kann nur annehmen, dass er sich seiner Gabe schon viel länger bewusst war als wir und so Dinge gelernt hat, die vielleicht noch in unserer Zukunft liegen. Vielleicht konnte er seine Gabe auch auf irgendeine Weise leichter lenken, weil er uns alle persönlich kannte."

„Wahrscheinlich werden wir das nie herausfinden. Wir müssen mit dem arbeiten, was wir haben." Ace hielt einen Moment inne.

„Fox hat mir gesagt, dass du auch die Warnung vor dem Weltuntergang siehst."

„Nennen wir das jetzt so?" Er stieß ein bitteres Lachen aus. „Ich schätze, der Name ist egal. Gestern Nacht hatte ich die Vorahnung wieder. Sie kommt immer häufiger."

„Als ob das Ereignis näher rückt?"

„Ja. Das ist auch meine Vermutung."

„Was siehst du?"

„Das Weiße Haus. Ich starre direkt darauf, und dann höre ich eine Explosion hinter mir. Ich fühle die Schockwelle; sie ist gewaltig." Er sah zu Ace hoch. „Und du?"

„Ich renne auf ein Gebäude zu, kann es aber nicht erreichen. Ich sehe sechs Marinesoldaten, die einen Sarg aus dem Frachtraum eines Flugzeugs tragen. Eine amerikanische Flagge ist darüber drapiert. Dann gibt es eine Explosion, aber wie du, kann ich nicht sagen, wo es passiert. Ich spüre die Hitze und die Druckwelle der Explosion."

„Du weißt also nicht, wo du bist?"

Ace schüttelte den Kopf. „Nein, aber ich vermute, dass ich in der Nähe eines Militärflughafens bin."

„Joint Base Andrews ist D. C. am nächsten", sagte Jack. „Ich spüre die Schockwelle, während ich zum Weißen Haus schaue, und du auf einem Militärflughafen, also muss es in der Nähe sein."

„Ich stimme dir zu. Aber dann bin ich mir nicht sicher, wie Fox' Vorahnung dazu passt."

„Was sieht er?"

„Er sitzt auf der Terrasse eines großen Hauses an einem See. Er sieht Segelboote. Jemand reicht ihm ein großes Glas Eistee. Er hat Durst, aber als er trinkt, fühlt er sich wie gelähmt. Er versucht, etwas am Computer zu tun, um einen Countdown zu stoppen. Aber er schafft es nicht. Dann spürt er die Druckwelle, die die Boote direkt aus dem Wasser hebt."

„Hmm. In der Nähe von Washington D. C. gibt es keinen wirklich großen See. Was, wenn es kein See, sondern ein breiter Fluss ist?"

Für einen kurzen Moment dachte Ace darüber nach. „Das ist möglich. Auf dem Potomac wird gesegelt und an manchen Stellen ist er ziemlich breit."

„Das stimmt. Fox könnte einen Fluss sehen, keinen See. Es würde zu dem passen, was ich sehe: dass das bevorstehende Unheil, vor dem uns die Vorahnung warnen will, ihren Mittelpunkt in Washington D. C. hat."

„Ich habe noch eine weitere Theorie", sagte Ace. „Als Fox sich in die Server der CIA gehackt hat, versuchte Smith, Michelle zu zwingen, ihn zu finden."

Jack nickte. Michelle und Fox hatten ihm erst vor zehn Tagen davon erzählt. „Ja, und?"

„Ich glaube, dass Smith der CIA angehört. So könnte er von dem streng geheimen Stargate-Programm erfahren haben. Obwohl mein Vater das Programm im Geheimen geführt hat, besteht immer noch die Möglichkeit, dass jemand in seinem Umfeld Wind davon bekam. Und aus welchem Grund auch immer, hat Smith ihn getötet oder töten lassen. Und dann fing er an, den Rest von uns zu jagen. Das Programm muss eine Bedrohung für ihn und seine Pläne gewesen sein."

„Du denkst also, er ist ein Maulwurf, der die CIA infiltriert hat? Jemand, der für ein fremdes Land arbeitet?"

Ace zuckte mit den Schultern. „Möglich, aber nicht unbedingt. Er könnte einfach eine inländische Gefahr für die US-Regierung sein. Daran muss kein fremdes Land beteiligt sein. Es gibt viele Menschen in den USA – selbst Amerikaner – die die Demokratie stürzen möchten."

„Jemand muss ziemlich tief in seine Taschen greifen, um so etwas zu finanzieren", überlegte Jack.

„Und Verbindungen zu den richtigen Stellen haben."

„Du denkst also, Smith ist ein großes Tier bei der CIA?"

„Das ist etwas, was wir in Betracht ziehen müssen. Ich lasse Fox daran arbeiten, Hintergrundinformationen über jeden in der CIA zu bekommen, der eine ausreichend hohe Position mit genügend Macht und Beziehungen hat. Denn Smith muss so eine Position haben. Michelle kennt seine Stimme, aber es ist keine leichte Aufgabe. Es gibt kaum öffentliche Informationen darüber, wer für die CIA arbeitet, abgesehen vom Direktor, und den hat Michelle bereits ausgeschlossen. Seine Stimme ist so ganz anders als die von Smith."

„Und wie findet Fox andere CIA-Agenten?"

„Er arbeitet an einem System, die Nummernschilder aller Autos zu erfassen, die in Langley ein- und ausfahren, um sie dann zu ihren Besitzern zurückzuverfolgen."

„Verdammt, das müssen Tausende von Autos sein."

„Ich habe nicht gesagt, dass es einfach sein wird. Deshalb hoffe ich, dass wir heute Abend in diesem Lagerhaus etwas finden, das uns schneller zu Smith führt."

„Das hoffe ich auch."

16

Als Ace, Jack und Lilly bei dem Lagerhaus in Thomas' Videoaufzeichnung ankamen, war es stockfinster. Lilly konnte nicht einmal Straßenlaternen sehen. Seit vier Stunden stand die Satellitenüberwachung. Fox hatte gerade bestätigt, dass seitdem niemand das Gebäude betreten oder verlassen hatte.

„Es sieht leer aus", sagte Lilly, als Ace den Geländewagen anhielt.

„Scheint so", stimmte Jack zu, „aber es könnte auch eine Falle sein."

Ace nickte vom Fahrersitz. „Überprüft eure Kommunikation."

Lilly berührte die Ohrstöpsel, die Ace ihr gegeben hatte, bevor sie die Villa verlassen hatten. Ace und Jack hatten die gleichen Geräte.

„Fox, hier ist Ace", sagte Ace in das kleine Mikrofon, das aus dem Ohrstecker ragte.

„Hier ist Fox."

„Fox, hier ist Yankee."

„Yankee, alles klar."

„Fox, hier ist Lilly", sagte Lilly. „Ich hätte mir einen coolen Codenamen aussuchen sollen."

Lilly hörte Fox' Lachen in ihrem Ohr. „Lilly, alles klar. Viel Glück, Leute. Ich werde von hier aus aufpassen. Wenn sich jemand dem Gebäude nähert, gebe ich euch das Signal zum Abbruch."

„Verstanden", sagte Ace.

Sie stiegen aus dem SUV aus. Das Gewicht der Kevlar-Weste, die Ace ihr gegeben hatte, empfand Lilly als Belastung. Jack hatte darauf bestanden, dass sie sich damit schützte. Die beiden Männer trugen keine. Laut Ace war es die einzige Weste, die er besaß. Doch er wollte weitere kaufen, jetzt, da sich ihre Gruppe vergrößert hatte.

Lilly war nervös, doch sie versuchte, es nicht zu zeigen. Sie hielt eine Waffe in der Hand, von der sie hoffte, sie nie benutzen zu müssen. Jack hatte ihr eine kurze Unterrichtsstunde im Umgang damit erteilt, aber sie wusste, dass sie schrecklich unerfahren war. Sie hatte keine Ahnung, ob sie in einer Situation, in der sie schießen musste, nicht vor Panik erstarren würde.

Ace und Jack waren ebenfalls bewaffnet. Beide trugen eine Glock und waren laut Jack erfahrene Schützen.

Lilly fand Trost in diesem Gedanken.

Gemeinsam näherten sie sich schweigend der Halle. Auf der Straßenseite gab es Fenster, die aber zu weit oben lagen, und sie daran hinderten, ins Innere des Gebäudes zu spähen. Lilly lief hinter Jack, als sie zu der großen Tür gingen, vermutlich der Haupteingang. Sie blieben dort stehen und Lilly spähte an Jack vorbei. Ace zog ein Abhörgerät aus der Tasche, die quer über seinen Oberkörper hing. Er legte einen Finger auf die Lippen, um sie zu ermahnen, still zu sein. Er hielt das Gerät an die Tür, beugte sich näher und lauschte.

Einen Moment später entfernte er es und flüsterte: „Kein Geräusch, nicht einmal das Summen irgendwelcher Maschinen."

„Okay, ich kümmere mich um das Schloss. Deckt mich", sagte Jack und holte ein paar Werkzeuge heraus, mit denen er das Schloss knacken wollte.

„Grünes Licht von oben", sagte Fox ihnen ins Ohr. „Keine Aktivität."

„Verstanden", sagte Jack und trat von der Tür weg. Dann wandte er sich an Lilly. „Bleib zurück, bis wir wissen, dass die Luft rein ist und wir Entwarnung geben."

Sie nickte.

Dann sah sie, wie Ace und Jack einander mit gezogenen Waffen zunickten, Ace die Tür öffnete und Jack hineinstürmte. Ace folgte ihm und einen Moment später hörte sie Jack in sein Mikrofon sagen: „Die Luft ist rein. Niemand hier."

Überrascht, wie schnell Jack und Ace feststellen konnten, dass niemand in dem großen Gebäude war, spähte Lilly hinein. Ace und Jack hatten ihre Taschenlampen eingeschaltet und Lilly folgte den Lichtkegeln.

Das Gebäude war leer, nicht nur menschenleer, sondern komplett leer. Kein einziges Gerät, nicht einmal Müll war in dem Lagerhaus zurückgelassen worden.

Was auch immer hier gewesen war, als Thomas das Video gedreht hatte, war verschwunden.

„Fuck", fluchte Jack.

„Sieht so aus, als wären wir zu spät gekommen", fügte Ace hinzu.

Lilly holte ihre eigene Taschenlampe heraus und untersuchte die Wände und den Boden.

„Was für ein Reinfall", sagte Jack und drehte sich um.

Aber Lilly konnte nicht aufgeben. Sie wusste, was es bedeutete, ein Labor oder eine medizinische Einrichtung zu verlegen. Sie hatte es schon einmal getan, als Delta Labs' früheres Gebäude zu klein geworden war. Sie wusste, dass kein Umzug ohne Probleme ablief.

„Sie müssen etwas zurückgelassen haben", sagte sie und bewegte ihre Taschenlampe Meter für Meter in einem quadratischen Raster. „Man kann nicht so viel Ausrüstung und Vorräte entfernen, ohne dass etwas kaputt geht oder herunterfällt."

„Hier ist nichts", sagte Ace, „lass uns gehen."

„Sehen wir uns noch weiter um, nur für den Fall", sagte Jack mit einem beruhigenden Blick auf Lilly.

In diesem Moment blitzte etwas im Lichtkegel ihrer Taschenlampe auf. „Dort."

Sie eilte darauf zu und ging in die Hocke.

Jack und Ace folgten ihr. Alle leuchteten mit ihren Taschenlampen auf das glänzende Objekt, das weniger als einen Quadratzentimeter groß war.

„Was ist das?", fragte sie.

„Sieht fast aus wie ein Insekt", meinte Ace.

„Das ist eine Mikrodrohne", sagte Jack. „Ich habe davon gelesen. Sie werden benutzt, um Mikrotoxine zu verabreichen."

Lilly warf ihm einen Blick zu. „Um

Menschen zu vergiften, so wie es der Kreml mit politischen Gegnern tut?"

„Genau", sagte Jack.

„Wenn es verwendet wurde, um Gift zu verabreichen, könnten noch Spuren vorhanden sein. Ich kann das testen", sagte Lilly.

„Wir nehmen es mit", stimmte Ace zu, zog ein kleines Schächtelchen mit Munition aus seiner Tasche und kippte die Patronen in die Tasche zurück. Er reichte ihr die leere Schachtel. „Das muss reichen."

„Vorsicht", warnte Lilly, „lass dich nicht stechen."

Ace hob die Mikrodrohne mit einem Taschentuch hoch, packte sie in die kleine Schachtel und schloss sie.

„Lasst uns verschwinden", sagte Jack.

„Warte", sagte Lilly und sah sich die Stelle, wo die Mikrodrohne gewesen war, genauer an. Der Staub darunter schien dunkler als die Umgebung. „Hier ist etwas verschüttet worden. Es ist jetzt trocken, aber vielleicht kann ich den Staub analysieren, um zu sehen, was es war." Sie sah zu Jack und Ace auf. „Hat einer von euch ein Stück Plastik und irgendetwas, womit ich das einpacken kann?"

Jack wühlte in seinen Jacken- und Hosentaschen, während Ace anfing, seine Tasche zu durchsuchen.

„Kannst du eine Kaugummiverpackung gebrauchen?", fragte Jack.

„Das muss gehen", sagte Lilly, nahm ihm den Kaugummistreifen ab und wickelte ihn aus. Mit Jacks Messer kratzte sie dann vorsichtig den dunklen Staub auf die Folie. Dann wickelte sie die Probe sicher ein und legte sie in die Munitionsschachtel.

Auf dem Weg zum SUV berührte Jack Lillys Arm und sie sah ihn an.

„Gut gemacht", lobte er sie.

„Siehst du? Es ist gut, mich dabei zu haben."

Er grinste. „In mehr als einer Hinsicht."

Seine Worte ließen ihren Puls ein wenig höherschlagen. Sie waren ein gutes Team, nicht nur im Bett. Und Jack hatte heute Abend bewiesen, dass er ihre Expertise zu schätzen wusste.

17

Als sie in die Villa zurückkamen, wartete Fox schon mit Neuigkeiten auf sie. Er führte sie in den Computerraum. Jack war gespannt, was er gefunden hatte.

„Also, nachdem ihr mir gesagt habt, dass das Lagerhaus leer ist“, begann Fox und zeigte auf den großen Monitor an der Wand, der eine Grafik zeigte, „habe ich Erkundungen angestellt, um herauszufinden, wem das Gebäude gehört. Ich bin nicht weit gekommen. Der Eigentümer ist eindeutig eine Briefkastenfirma.“

„Verdammt“, sagte Jack.

„Ja, aber dann dachte ich, solche Geräte verbrauchen viel Strom. Also habe ich mich in die Server von *Dominion Virginia Power* gehackt, die diese Gegend mit Strom versorgen. Und seht euch das an." Er zeigte auf den Monitor an der Wand.

„Was soll das sein?", fragte Ace.

„Diese Grafik stellt den monatlichen Stromverbrauch dieses Lagerhauses in den letzten sechs Monaten dar. Ziemlich hoch, besonders in dem Monat als Thomas starb. Und dann, zwei Monate später, sinkt der Verbrauch auf null."

„Da sind sie ausgezogen", schloss Jack.

„Genau. Aber das hier ist besonders interessant", sagte Fox und benutzte die Maus, um eine andere Ansicht zu zeigen. „Dies ist der tägliche Stromverbrauch für den Monat, in dem Thomas starb."

Bis auf zwei schienen alle dreißig Balken ähnlich hoch zu sein. Einer aber etwa doppelt, der nächste mehr als vierfach so hoch wie der Durchschnitt.

„Was ist da passiert?", fragte Lilly.

„Ein riesiger Anstieg des Stromverbrauchs.

Wenn wir dem Todesdatum auf Thomas' Sterbeurkunde Glauben schenken können, dann schoss der Stromverbrauch einen Tag vor seinem Tod deutlich in die Höhe, und verdoppelte sich noch mal an seinem Todestag."

Jack starrte auf die Grafik und sah dann wieder zu Fox. „Glaubst du, Thomas war an den zwei Tagen mit dem hohen Stromverbrauch dort?"

„Gut möglich", sagte Fox.

Lilly zeigte auf den Bildschirm. „Kannst du auch sehen, an welchem Tag der Stromverbrauch auf null gesunken ist?"

Fox warf ihr einen anerkennenden Blick zu. „Damit wir sehen können, wann sie ausgezogen sind? Ja." Er wechselte zur nächsten Grafik. „Hier. Sie haben alle Geräte am 28. des letzten Monats ausgeschaltet. Wir müssen davon ausgehen, dass sie die Ausrüstung am selben oder am nächsten Tag entfernt haben."

Jack atmete tief ein. Das war eine gute Information. „Jetzt müssen wir nur alle Verkehrskameras in der Umgebung prüfen, um zu sehen, wohin sie die Ausrüstung gebracht haben."

Ace nickte. „Sie hätten mindestens zwei acht Meter lange Umzugswagen gebraucht. Was denkt ihr?"

„Wahrscheinlich, obwohl sie auch mehrere kleinere benutzen konnten. Was unauffälliger wäre", antwortete Fox.

„Ich habe nicht viele Verkehrskameras in der Gegend um das Lagerhaus gesehen", sagte Jack, und er hatte wie immer darauf geachtet. Das war ihm in den letzten drei Jahren zur Gewohnheit geworden.

„Ich weiß", sagte Fox. „Das könnte es etwas schwieriger machen, da wir kein Filmmaterial vom Ausgangspunkt haben und uns auf Kameras verlassen müssen, die weiter vom Lagerhaus entfernt sind. Es wird uns ein paar Fehlschläge einbringen und eine Weile dauern, bis wir sie ausgesondert haben. Aber wenn wir zu fünft Videomaterial durchsehen, geht das flotter."

Fox warf Ace einen Blick zu. „Phoebe ist ins Bett gegangen. Sie fühlte sich nicht gut."

Sofort sah Ace besorgt aus. „Ich muss –"

„Keine Sorge", sagte Fox. „Michelle hat nach ihr gesehen. Es stellt sich heraus, dass Phoebe heute nicht genug gegessen hat und ihr Blutzucker niedrig war. Also hat Michelle ihr einen Snack gemacht."

„Ich kann nach ihr sehen", sagte Lilly, „obwohl es schon eine Weile her ist, seit ich mich um Patienten gekümmert habe."

Michelle betrat den Raum. „Es geht ihr gut. Sie ist nur ein bisschen gestresst. Kein Wunder bei dem, was heute los war."

Das überraschte Jack nicht. Welche Frau in ihrer Situation wäre nicht gestresst, wenn sie wüsste, dass sie sehr bald ein Kind zur Welt bringen würde, während der Vater von einem unbekannten Feind gejagt wurde?

„Danke, Michelle", sagte Ace. Dann sah er Lilly an. „Während wir das Filmmaterial durchgehen, könntest du mit der Analyse beginnen, ob sich in der Mikrodrohne ein chemischer Rückstand befindet? Was brauchst du dafür?"

„Mein Labor bei Delta Labs", sagte Lilly.

„Können wir dir nicht einfach ein paar Chemikalien besorgen, damit du die Analyse hier machen kannst? Ich kenne einen Kerl, der uns in ein paar Stunden alles besorgen kann, was du brauchst", sagte Ace.

„So einfach ist das nicht", sagte Lilly und schüttelte den Kopf. „Da ich keine Ahnung habe, welche Substanz die Mikrodrohne transportiert hat, falls überhaupt ein Rückstand vorhanden ist, muss ich mit hochsensiblen Geräten über hundert Tests durchführen. Das ist nichts, das man mit einem Chemie-Baukasten machen kann. Es tut mir leid. Wenn wir Glück haben, dauert es nur drei oder vier Stunden, dann bin ich wieder zurück, bevor die Leute zur Arbeit kommen."

„Das ist zu gefährlich", sagte Jack sofort.

„Wie kommst du ins Labor?", fragte Ace.

„Mit meiner Zugangskarte."

„Ist kein Wachmann im Dienst?"

„Ja, aber er schläft meistens."

„Das garantiert nicht, dass er dich nicht sieht", unterbrach Jack. „Er weiß vermutlich, dass du nach der Schießerei auf der Plaza verschwunden bist. Er wird Fragen stellen oder noch schlimmer, jemandem davon erzählen. Niemand darf wissen, wo du bist."

„Das verstehe ich", sagte Lilly und versuchte offensichtlich, ihn zu beruhigen. „Aber ich werde den Lieferanteneingang hinter dem Gebäude benutzen. Ich kann mein Labor betreten, ohne dass er mich sieht. Vertrau mir."

Jack hielt Lillys Blick stand. Er wägte das Risiko, dass Lilly gesehen werden konnte, gegen den Vorteil ab, die Substanz in der Mikrodrohne zu identifizieren. „Na gut. Unter zwei Bedingungen."

„Und die sind?"

„Ich komme mit und du trägst weiterhin die Kevlar-Weste."

„Ach komm schon, das Ding ist schwer", beschwerte sie sich.

Jack funkelte sie an. „Die Weste bleibt an. Das ist mein Ernst."

Lilly schnaufte. „Na gut."

„Nimm eins der Autos in der Garage. Die sind weniger auffällig als dein Lieferwagen", schlug Ace vor.

Wenige Minuten später machten sie sich auf den Weg.

Im Auto sah Jack, wie Lilly ihn von der Seite ansah.

„Bist du immer so herrisch?", fragte sie.

„Ich bin nicht herrisch. Ich beschütze dich nur. Ich bin für dich verantwortlich."

„Bist du immer so *macho*?"

Er warf ihr einen Blick zu. „Weckst du immer gerne schlafende Löwen?"

„Touché." Dann kicherte sie.

„Was?"

„Ich glaube, wir sind aus demselben Holz geschnitzt."

Er grinste. „Glaub mir, dein Holz ist viel schöner."

„Wir reden nicht mehr über Temperament, oder?"

„Thomas hatte recht. Du bist ziemlich direkt. Das mag ich."

„Versuchst du mir zu sagen, dass du mich magst?

„Lilly", sagte er, „ich habe bereits bewiesen, dass ich dich mag."

Doch empfand Lilly dasselbe für ihn wie er für sie? Erwiderte sie die Gefühle, die er schon für sie gehegt hatte, bevor sie sich vor sieben Jahren zum ersten Mal begegnet waren? Er hatte kein Recht, diese Frage zu stellen. Lilly hatte im Moment keine andere Wahl, als bei ihm zu bleiben.

Als sie den Büropark erreichten, wo sich Delta Labs befand, schaltete Jack die Scheinwerfer aus. Es gab keinen Verkehr, und er wollte nicht, dass der Wachmann sah, wie sich ein Auto dem Gebäude näherte. Er parkte einen halben Block vom Gebäude entfernt und stellte den Wagen in Fluchtrichtung ab, sollte etwas schiefgehen. Er verschloss das Auto nicht. Bei einer Flucht zählte jede Sekunde. Vielleicht war dies Paranoia, aber Paranoia hatte ihn in den letzten drei Jahren am Leben gehalten.

Unter seiner Jacke trug er seine Glock in einem Schulterhalfter. Und an seinem Knöchel unter seiner Khakihose hatte er ein Messer festgeschnallt.

„Geh voraus", sagte Jack zu Lilly.

„Dort rechts", sagte sie und deutete auf eine Stelle an der Westwand des Gebäudes.

Als sie sich näherten, sah Jack sich um. Über der unscheinbaren Tür brannte Licht.

„Wird diese Tür mit einer Kamera überwacht?"

Lilly begegnete seinem Blick. „Ja, aber der Wachmann in der Lobby macht wahrscheinlich ein Nickerchen.“

„Wahrscheinlich ist nicht gut genug.“

Jack zog seine Glock aus dem Halfter und griff dann in seine andere Tasche, um den Schalldämpfer herauszunehmen, den er mitgebracht hatte.

„Oh mein Gott, du willst den Wachmann töten? Er ist ein unschuldiger Kerl. Du kannst nicht einfach –“

„Natürlich nicht“, unterbrach er sie, während er den Schalldämpfer auf die Mündung seiner Waffe schraubte. „Ich würde niemals einen Unschuldigen erschießen.“ Er zeigte auf die Hintertür. „Ich muss die Kamera ausschalten, damit wir beim Eintreten nicht gesehen werden können.“

Er zielte und drückte ab. Die Kugel traf die Kamera fast lautlos. Der Wachmann, der im Foyer des Gebäudes saß, würde es nicht gehört haben.

„Wow, du bist ein ausgezeichneter Schütze“, sagte Lilly.

Er nahm ihr Kompliment mit einem Nicken

zur Kenntnis. An der Tür angekommen, zog Lilly ihre Zutrittskarte heraus und hielt sie über den Kartenleser. Ein grünes Licht blinkte auf, gefolgt von einem Piepton. Lilly öffnete die Tür und gemeinsam betraten sie das Gebäude.

Sie befanden sich in einem gut beleuchteten Korridor.

„Ist das Licht die ganze Nacht an?", flüsterte Jack Lilly zu.

„Auf den Fluren ja, aber nicht in den Büros und Labors." Sie zeigte auf eine Tür zum Treppenhaus. „Wir können die Aufzüge nicht benutzen. Die Wache würde uns hören."

Jack nickte und sie eilten ins Treppenhaus. „Welche Etage?"

„Die zweite", antwortete sie.

Jack sah sich um, konnte aber im Treppenhaus keine Kamera entdecken. Sie gingen schnell hinauf. Im zweiten Stock führte Lilly ihn durch einen gut beleuchteten Gang und benutzte dann erneut ihre Zugangskarte, um die Tür zum Labor zu öffnen. Sie betraten einen dunklen Raum und schlossen die Tür hinter sich.

„Lass die Deckenbeleuchtung aus", warnte Jack. „Benutze deine Taschenlampe."

Lilly schaltete die Taschenlampe ein und führte ihn in eine Ecke des großen Labors. Dort blieb sie stehen und deutete auf einen großen Tresen mit medizinischen Geräten. Darüber befanden sich Hängeschränke. „Es gibt Unterschrankleuchten. Ich muss sie einschalten."

Jack blickte zu den Fenstern. Sie waren weit genug davon entfernt. Dazwischen standen genug Möbelstücke, sodass das Licht von draußen nicht sichtbar sein würde.

„In Ordnung."

Die Unterschrankbeleuchtung beleuchtete den Tresen, die medizinischen Gegenstände und Geräte ausreichend. Lilly konnte mit ihrer Arbeit beginnen. Jack nahm auf einem Stuhl neben ihr Platz, seine Waffe mit dem Schalldämpfer im Schoß und beobachtete, als sie sich an die Analyse machte.

18

Es ging auf vier Uhr morgens zu, als Lilly es endlich geschafft hatte, die Substanz in der Mikrodrohne zu analysieren.

„Es ist Midazolam", sagte sie und sah Jack an.

„Ein Gift?"

„Es ist ein starkes Beruhigungsmittel. Es kann Menschen lähmen und in hohen Dosen Atemstillstand verursachen. Es wird in der Anästhesie verwendet. Doch mit dieser kleinen Mikrodrohne hätten nur winzige Mengen injiziert werden können."

„Genug, um jemanden außer Gefecht zu

setzen, wenn auch nur für kurze Zeit?", fragte Jack.

„Ja. Jemand in meiner Größe würde höchstwahrscheinlich kurzzeitig bewusstlos, aber bei deinem Körpergewicht reicht das nicht. Du wärst nur benommen."

„Das heißt, wenn Thomas diese kleine Menge Midazolam bekommen hätte, war seine Reaktionsfähigkeit vermutlich beeinträchtigt."

Sie nickte.

„So könnten sie ihn also überwältigt haben", sagte Jack.

Lilly schauderte bei dem Gedanken daran. Thomas wäre bei Bewusstsein gewesen und hätte vermutlich geahnt, was ihn erwartete. Was hatten sie ihm angetan, dass die Verwendung von Midazolam rechtfertigte?

„Wenn sie mit der Drohne nah genug herangekommen wären, um ihm Midazolam zu injizieren, wären sie dann nicht auch nah genug gewesen, um ihn zu erschießen?"

Jack begegnete ihrem Blick. „Damit hast du recht."

„Vielleicht wurde es nicht bei ihm verwendet."

„Oder vielleicht wollten sie ihn nicht töten, jedenfalls nicht sofort."

„Was willst du damit sagen?" Sie starrte ihn an, aber er antwortete nicht sofort. Sie sah in seinem Gesicht, was er vermutete. „Du glaubst, sie haben ihn am Leben gelassen, um ihn zu foltern, damit er ihnen Informationen verriet?"

„Es tut mir leid, aber das ist sehr wahrscheinlich."

Lilly unterdrückte die aufsteigenden Tränen und wandte sich erneut der Arbeitsfläche zu. Sie führte immer noch Tests durch, um herauszufinden, was den Boden unter der Mikrodrohne durchnässt hatte. Sie wusste, dass Midazolam nicht dort eingesickert war. „Ich muss noch herausfinden, was in dieser Probe ist."

Plötzlich spürte sie Jacks Hand auf ihrer Schulter. „Ich weiß, dass du ihn wie einen Bruder geliebt hast. Wir werden ihm Gerechtigkeit verschaffen, das verspreche ich dir."

„Okay", sagte sie schniefend.

Als er versuchte, seine Arme um sie zu

legen, befreite sie sich. „Nicht, Jack, oder ich fange wirklich an zu weinen." Sie schniefte. „Und ich muss das fertigmachen."

„Okay", sagte er sanft. „Ich wünschte, ich könnte dir dabei helfen, aber ich bin kein Gehirnchirurg. Ich weiß nicht viel, wenn es um ..."

„Oh mein Gott. Warum habe ich daran nicht gedacht?", stieß sie plötzlich aus und griff nach dem Objektträger mit der winzigen Staubprobe aus dem Lagerhaus.

„Woran hast du nicht gedacht?"

Sie legte den Objektträger unter das Mikroskop und sah hinein. „Ich war so darauf konzentriert, dass es sich um ein Gift oder eine andere Chemikalie handelt. Ich habe nicht einmal daran gedacht ..." Sie drehte den Knopf am Mikroskop, um das Bild scharf zu stellen. Da war es.

Sie schaute hoch. „Es ist zerebrospinale Flüssigkeit."

„Zerebro ... Du meinst Gehirnflüssigkeit?", fragte Jack fassungslos.

„Ja, die Flüssigkeit, die in und um die

Hohlräume des Gehirns und des Rückenmarks fließt ...“

„Kannst du das auf DNA testen?“

„Theoretisch ja, aber so eine Ausrüstung habe ich nicht, und“ – sie warf einen Blick auf die Uhr auf dem Tresen – „dafür haben wir sowieso keine Zeit.“

„Dann lass uns zusammenpacken“, sagte Jack.

Sie brauchten fünfzehn Minuten, um alles wieder an seinen Platz zu stellen, damit niemand bemerken würde, dass jemand im Labor war. Lilly schaltete die Unterschrankbeleuchtung aus und drehte sich zu Jack um, als sie plötzlich ein Geräusch hörte: einen Piepton, als würde jemand versuchen das Labor mit einer Zugangskarte zu betreten.

Sie packte Jack am Ärmel seiner Jacke und zerrte ihn zum Ende der Arbeitsfläche. Gemeinsam gingen sie dahinter in die Hocke. Gerade noch rechtzeitig, denn die Tür ging auf, und jemand knipste die Deckenbeleuchtung an.

Lilly hielt den Atem an und Jack tat

dasselbe. Sie tauschten einen Blick aus und Lilly bemerkte, dass Jack seine Waffe mit dem Schalldämpfer schussbereit hielt. Ihr Herz schlug wie wild.

Sie hörte schwere Schritte, dann wurde die Tür von einem Schrank geöffnet. Das Geräusch verriet ihr, welcher es war. Sie hob ihre Hand, um Jack zu bedeuten, er solle zurückbleiben. Dann riskierte sie einen Blick am Tresen vorbei. Und da sah sie ihn: Der Wachmann plünderte die Keksdose des Labors. Er stand mit dem Rücken zu ihr und war damit beschäftigt, Kekse und Schokolade in seine Jackentasche zu stopfen.

Lilly wich hinter den Tresen zurück und warf Jack einen beruhigenden Blick zu. Er schien zu verstehen. Noch ein paar Sekunden und der Wachmann schloss den Schrank und ging zurück zur Labortür. Er öffnete die Tür, dann machte er das Licht aus und verließ den Raum.

Lilly atmete tief durch und sah Jack an. „Kein Wunder, dass er so fett ist. Und die Keksdose ist immer halb leer", flüsterte sie.

Lilly wollte gerade aufstehen, als Jack sie zurückzog. „Warte noch. Wir geben ihm lieber noch ein oder zwei Minuten Zeit, um zu seinem Posten zurückzukehren.“

Dann legte er seine Hand in ihren Nacken und zog ihren Kopf näher zu sich. Seine Lippen waren auf ihren, bevor sie reagieren konnte. Er küsste sie hart und tief, bevor sein Kuss zärtlicher wurde. Einen Moment später spürte sie, wie kühle Luft ihre Lippen berührte.

„Wofür war das?“, fragte sie atemlos.

„Ich wollte die perfekte Gelegenheit für einen Kuss nicht vergeuden.“ Er half ihr auf. „Jetzt lass uns von hier verschwinden.“

Sie trafen niemanden, als sie das Labor verließen und die gleiche Treppe hinuntergingen, die sie zuvor benutzt hatten. Als sie den Korridor betraten, der zum Hinterausgang führte, hörten sie keine Schritte oder andere Geräusche. Es schien, dass der Wachmann wieder auf seinem Posten in der Lobby saß, wahrscheinlich in einem Zuckerrausch von den Keksen und der Schokolade.

Erleichtert, dass Lilly es geschafft hatte, die Tests durchzuführen, bevor die Frühaufsteher gegen sechs Uhr morgens auftauchten, wandten sie sich dem Ausgang zu. Jack drückte den Griff nach unten und öffnete die Tür zuerst einen Spalt. Dann lugte er hinaus, bevor er sie weiter öffnete.

Jack trat nach draußen, Lilly folgte ihm dicht auf den Fersen. Die Luft war frisch. Sie blickte in die Richtung, in der Jack das Auto geparkt hatte, und drehte den Kopf, als sie von etwas geblendet wurde.

„Runter!", schrie Jack auf und stieß sie zu Boden, als sich eine Kugel in die Tür bohrte, aus der sie wenige Sekunden zuvor gekommen waren.

Auf dem Boden hinter einer niedrigen Hecke, die einen kleinen Grüngürtel um das Gebäude bildete und die Strom- und Wasseranschlüsse verbarg, kauerte Lilly neben Jack.

„Derselbe Schütze?", fragte Lilly atemlos, während ihr Herz in ihrer Brust hämmerte.

„Nicht unbedingt. Diesmal ist es kein Gewehr. Klang eher wie eine halb automatische Waffe mit Schalldämpfer. Bleib hier hocken, so tief du kannst. Ich werde ihn mir schnappen."

Lilly packte ihn am Arm. „Bist du verrückt? Er wird dich töten."

„Nicht, wenn ich ihn zuerst töte." Er griff zum Boden und fühlte die Kieselsteine, die die Erde rund um die Hecke bedeckten. Er nahm einen, der so groß wie ein Ei war und reichte ihn Lilly. „Tu mir einen Gefallen. Zähle bis fünf und wirf den Kieselstein dann in Richtung zehn Uhr. Sobald du hörst, wie der Stein auf dem Boden aufschlägt, kriechst du hinter dieser Hecke entlang, bis du die Ecke des Gebäudes erreichst. Bleib dort, ich komme und hole dich."

Sie nickte verstehend. Trotzdem zitterte sie. „Sei vorsichtig", flüsterte sie.

„Fang an zu zählen."

19

Jack nahm sich eine Sekunde Zeit, um die Lage einzuschätzen. Für so etwas war er sowohl beim Militär als auch in Camp Peary ausgebildet worden. Solche Situationen hatte er schon oft bei Auslandseinsätzen erlebt. Und er hatte immer die Oberhand gewonnen.

Auf dem Parkplatz standen keine Autos, jedoch mehrere Lieferwagen mit dem Delta-Labs-Logo. Außerdem gab es Bäume und Büsche, einige Sitzbänke für die Pausen, Mülleimer und ein paar Skulpturen, abgesehen von der, die durch die Kugel des Attentäters zerstört worden war. Diese Objekte mussten als Deckung ausreichen, damit er dem Schützen ausweichen und ihm in den Rücken fallen konnte.

Hätte der Schütze die Position im Parkhaus eingenommen wie beim ersten Attentatsversuch, wäre Jacks und Lillys einzige Chance gewesen, zurück in das Gebäude zu laufen. Dann hätten sie dort in der Falle gesessen. Aber heute Nacht versteckte sich der Schütze irgendwo in der Nähe und benutzte kein Gewehr mit Zielfernrohr, sondern eine Pistole mit Schalldämpfer. Offensichtlich wollte er keine Aufmerksamkeit erregen. Und noch etwas anderes lag auf der Hand: Der Attentäter hatte irgendwie erfahren, dass Lilly heute Nacht in ihrem Labor aufgetaucht war. Jack vermutete, dass Smith und seine Mitarbeiter sich in das Sicherheitssystem von Delta Labs gehackt hatten, um zu sehen, wenn Lilly ihre Zugangskarte verwenden würde.

In dem Moment, als Jack den Kieselstein auf dem Boden aufschlagen hörte, war er bereits hinter dem ersten Lieferwagen von Delta Labs in Deckung. Er hörte einen zweiten gedämpften Schuss. Dieser ging in seine Richtung, nicht in Lillys. Deshalb hatte er sie gebeten, den Stein zu werfen, um den Schützen von ihr abzulenken. Und der zweite Schuss hatte ihm auch einen guten Hinweis darauf gegeben, wo der Schütze sich versteckte.

Jack spähte an dem Lieferwagen vorbei und schätzte die Entfernung zwischen seinem aktuellen Versteck und der nächsten Deckung. Mit der Glock in der rechten Hand holte er kurz Luft und sprintete dann hinter dem Van hervor. Er sah eine Bewegung, das Licht einer Straßenlaterne, das von etwas reflektiert wurde, und erkannte seine Chance. Er feuerte auf den Schützen, nicht in der Erwartung ihn zu treffen, aber ihn zumindest für ein oder zwei Sekunden zum Zurückweichen zu bewegen.

Schwer atmend erreichte Jack einen Baum mit einem ausreichend breiten Stamm, hinter dem er Schutz suchen konnte. Aber dort konnte er nicht bleiben. Es gab keine Garantie, dass der Schütze die List nicht durchschaute und herausfand, wo Lilly sich versteckte. Das konnte er nicht zulassen. Er musste ihn zuerst erwischen.

Jack nutzte jede ihm zur Verfügung stehende Deckung und schlug einen Bogen, um sich von hinten an den Schützen ranzumachen. Er hörte ein Geräusch, das er jedoch nicht identifizieren konnte. Aber er stellte fest, dass der Schütze sich ebenfalls bewegt hatte. Näher zu dem Ort an dem Lilly sich versteckte.

Verdammt!

Geduckt bewegte sich Jack so schnell er konnte, ohne unnötige Geräusche zu machen, zur Position des Attentäters. Er war fast da, konnte ihn fast schon atmen hören, als er bemerkte, dass plötzlich ein schwaches Licht seinen Arm und die Waffe beleuchtete. Eine Wolke hatte sich verzogen und gab den Blick auf den Mond frei.

Jack duckte sich hinter einen Baum, gerade als eine Kugel durch die Luft sauste und ihn nur um Haaresbreite verfehlte. Er verließ sich auf seinen Instinkt, zielte und schoss in die Dunkelheit. Er hörte einen Schmerzensschrei und wusste, dass er den Kerl zumindest verwundet hatte. Da er sich diese Gelegenheit nicht entgehen lassen wollte, stürmte Jack hinter dem Baum hervor und rannte auf den Attentäter zu. Er sah die Mündung von dessen Waffe im schwachen Mondlicht glänzen. Sie war auf ihn gerichtet. Jack feuerte.

Die Waffe fiel scheppernd zu Boden und Jack wusste, dass seine Kugel ihr Ziel gefunden hatte.

Ein Stöhnen kam von der Bank, hinter der sich der Attentäter versteckt hatte. Jack eilte darauf zu, seine Waffe auf den Täter gerichtet. Als er die Bank erreichte, sah er den Attentäter am Boden liegen. Einen halben Meter entfernt lag dessen Waffe. Jack schubste sie weg, bevor er den Attentäter ansah.

Zu seiner Überraschung war es eine Frau. Eine schwarze Frau in dunkler Kleidung. Ein gurgelndes Geräusch kam von ihr. Sie war an der Schulter getroffen worden und blutete stark, aber das war nicht die Ursache für dieses Geräusch. Sie hatte eine zweite Schusswunde abbekommen: einen Volltreffer in ihre rechte Brust. Aufgrund der großen Blutmenge und des mühsamen Atmens wusste

Jack sofort, dass sich die Lunge mit Blut füllte. Schon jetzt war jeder Atemzug eine Qual. Bald würde sie aufhören zu atmen.

„Lilly?", rief Jack in Richtung des Gebäudes.

„Bist du in Ordnung?", fragte sie zurück.

„Ja. Ich habe den Attentäter."

Er hörte Büsche rascheln, dann Schritte, und einen Moment später erreichte Lilly ihn. Ihr Blick wanderte über ihn, dann sah sie den verwundeten Attentäter. Sie ging neben Jack in die Hocke und ein Keuchen drang aus ihrer Kehle.

„Deja?" Sie schüttelte ungläubig den Kopf.

Die Augen der Attentäterin bewegten sich und sahen Lilly an.

„Du kennst sie?", fragte Jack.

„Das ist Deja Lashae, Onkel Wills häusliche Pflegekraft."

Die Enthüllung war schockierend. Und Jack wusste sofort, was dies bedeutete. Er trat näher an Deja heran und legte ihr seine Hand auf die Schulter. „Smith hat dich zu Will Reed geschickt, damit du für ihn spionierst und Thomas findest, oder?"

Deja blinzelte. „Ich hatte keine Wahl ...“

Er ignorierte die Ausrede. Die Menschen hatten immer eine Wahl. Vielleicht keine gute, aber dennoch eine Wahl.

„Wo ist Smith?“

Sie atmete schwer. „Weiß nicht ...“

Jack drückte seinen Daumen in die Schusswunde an ihrer Schulter. Tränen schossen in Dejas Augen und sie heulte vor Schmerz auf.

„Smith hat mich gezwungen ...“

„Und?“, fragte Jack. „Hast du Thomas umgebracht?“

Anstatt den Kopf zu schütteln, bewegte Deja ihre Augen von links nach rechts. „Ich habe Smith informiert, als ... als er kam, um ... seinen Vater ... heimlich zu sehen.“ Ihre Worte wurden von krampfhaften Atemzügen unterbrochen. „So konnte Smith ... ihn schnappen.“

„Also hat Smith ihn getötet, nachdem du ihm gesagt hast, wo er ihn finden kann?“

Dejas Augen schlossen sich.

Jack rüttelte sie an der Schulter. „Deja,

bleib hier. Wie und wo hat Smith Thomas getötet?"

Dejas Augen öffneten sich. „... wollte ihn nicht töten."

„Was? Wer wollte ihn nicht töten?"

„Smith ... er wollte ihn lebend."

„Aber Thomas ist tot", warf Lilly ein und beugte sich über Deja. „Deja, was ist mit Thomas passiert?"

Deja richtete ihren Blick auf Lilly. „Es tut mir leid ... Smith brauchte ihn für ..."

„Wofür?", drängte Lilly sie.

„... Gehirn. Seine Gabe ... wollten es scannen ... benutzen ..."

„Smith wollte Thomas' Gehirn scannen?", fragte Jack sie und sah dann zu Lilly. „Das MRT-Gerät?"

Lilly nickte.

„Kein MRT ..." sagte Deja. „... größer... gefährlicher ... die Maschine ... sie holt alles aus dem Gehirn ... aber es ist zu viel ... dauert zu lange ... sie fri... frittiert das Gehirn ..."

Lilly hielt sich eine Hand vor den Mund und unterdrückte sichtlich die Tränen. „Oh mein Gott, Thomas. Nein."

„Deja, wo ist das Gerät jetzt? Wohin hat Smith es gebracht?", fragte Jack.

„Ein anderer Ort ..." Dann sah sie Lilly wieder an. „Es tut mir leid ... Ich musste meinen Sohn beschützen ... Smith wusste es, weil ..."

Deja beendete den Satz nicht. Sie atmete nicht mehr. Jack suchte nach ihrem Puls, fand aber keinen.

„Sie ist tot."

„Was jetzt?" Lilly starrte ihn mit weit aufgerissenen Augen an. Angst leuchtete aus ihnen hervor.

Jack sah sich um. Die Sonne würde bald aufgehen und kurz darauf würden die ersten Mitarbeiter von Delta Labs zur Arbeit erscheinen. „Wir haben keine Zeit, die Leiche irgendwo zu verstecken. Wir müssen sie hierlassen."

„Aber jemand wird sie finden. Was, wenn sie ihren Tod mit dir oder mir in Verbindung bringen?"

„Das werden sie nicht. Nicht, wenn wir die Spuren beseitigen." Er zog eine Taschenlampe aus seiner Jackentasche. „Nimm das und sieh dich nach den Patronenhülsen um. Es müssen sechs sein. Drei aus meiner Waffe, drei aus ihrer." Er deutete auf die Stellen auf dem Parkplatz, wo seine Hüllen hingefallen waren, dann dorthin, wo Deja sich versteckt hatte. „Hole sie."

Sie nickte und nahm die Taschenlampe. „Und was wirst du tun?"

„Die Kugeln aus ihr herausholen", sagte er.

Lilly erbleichte. „Meinst du das im Ernst?"

„Das muss gemacht werden. Wenn wir die Kugeln aus Dejas Waffe nicht finden können, ist es weniger problematisch. Aber wir können es uns nicht leisten, dass die Spurensicherung eine Verbindung zu meiner Waffe herstellt."

Lilly nickte und begann dann, nach den Patronenhülsen zu suchen. Jack zog sein Messer heraus und fing an, nach den Kugeln zu graben. Die Kugel in der Schulter war kein Problem. Er brauchte etwas länger, um die Kugel aus Dejas Lunge herauszubekommen. Doch auch das schaffte er. Die erste Kugel, die er in ihre Richtung geschossen hatte, hatte eine Parkbank getroffen. Auch diese steckte er ein. Als er fertig war, kam Lilly mit den Hülsen zurück.

„Alle sechs gefunden?“

„Ja.“

„Gut.“ Er nahm Dejas Waffe und durchwühlte ihre Taschen. Er fand, wonach er suchte: ein Handy, Schlüssel und eine Geldbörse mit Ausweis. Die letzten beiden Gegenstände stopfte er in seine Jacke, nahm dann Dejas rechten Daumen und drückte ihn auf das Handy, bis es entsperrt war. Schnell änderte er die PIN, damit er das Handy später erneut entsperren konnte. Er steckte es ein und stand auf. „Lass uns verschwinden.“

Augenblicke später rasten sie vom Tatort weg. Jacks Kleidung war mit Dejas Blut getränkt. Er wählte Aces Nummer und stellte den Anruf auf Lautsprecher.

Trotz der Uhrzeit nahm Ace sofort ab. „Ja?“

„Wir hatten Probleme. Wir mussten eine Leiche auf dem Parkplatz von Delta Labs zurücklassen.“

„Geht es dir und Lilly gut?“

„Ja.“

„Hast du alle Spuren beseitigt?“

„Wir haben die Patronenhülsen, die Kugeln aus meiner Waffe, die Waffe der Angreiferin, ihre Schlüssel und ihren Ausweis."

„Ihre?"

„Ja. Erzähl ich dir später. Wir haben ihr Blut an unseren Klamotten. Hast du eine –"

„Die Garage hat ein Hinterzimmer", unterbrach Ace. „Dort ist eine Power-Dusche. Alles ausziehen und duschen. Handtücher und frische Klamotten für euch lege ich dort in den Schrank. Werft eure Kleidung in den Eimer neben dem Schrank. Ich werde sie später verbrennen."

„Und die Waffen?"

„Im Schrank sind Plastikbehälter. Leg sie dort hinein und bring sie ins Haus. Wir werden sie später reinigen."

„In Ordnung."

„Bis gleich." Ace beendete den Anruf.

Jack warf Lilly einen schnellen Blick zu. Sie saß da, völlig starr. Sie wandte ihm ihr Gesicht zu. „Sie hat ihn verraten."

Jack nickte. Jetzt erinnerte er sich an Will Reeds Worte, als er ihn in der Einrichtung für betreutes Wohnen besucht hatte.

Sie sind hier in meinem Haus ... Ich hätte es wissen müssen ... Ich habe ihm gesagt, er soll nicht kommen. Sie hat mich angelogen. Sie war es. Die Regierung hat sie geschickt.

Will Reed hatte zu spät erkannt, dass Deja Lashae eine Spionin für Thomas' Feinde gewesen war.

20

Es war sechs Uhr morgens, als Lilly das Gästezimmer betrat, das Phoebe für sie hergerichtet hatte. Sie und Jack hatten im Raum hinter der Garage geduscht und sich umgezogen, aber die Dusche war ziemlich kalt und der Druck für ihren Geschmack zu stark. Sie hatte den Zweck jedoch verstanden und akzeptiert. Die Dusche hatte sie allerdings aufgeputscht. Sie fühlte sich wie in einem Koffeinrausch, obwohl sie wusste, dass sie sich entspannen und schlafen musste.

Jack war immer noch unten und informierte Ace darüber, was die Labortests ergeben hatten und was mit Deja Lashae passiert war, als sie das Labor verlassen hatten. Lilly schauderte, als sie sich daran erinnerte, wie Deja vor ihren Augen verblutet war. Sie hatte schon andere Leichen gesehen – das hatte jeder Medizinstudent – und sie hatte auch schon Menschen sterben sehen, aber nicht auf so brutale Art und Weise. Und sie hoffte, dass sie so etwas nie wieder mitansehen musste.

Lilly zog die Vorhänge zu und entledigte sich ihrer Kleidung. Phoebe war ungeheuer großzügig gewesen, indem sie mehrere Kleidungsstücke zur Verfügung gestellt und sogar einen Bademantel für sie über das Bett drapiert hatte. Das Badezimmer hatte alles, was Lilly sich wünschen konnte: verschiedene Seifen und Shampoos, Haarspülungen, Deodorants und Lotionen. Frische Zahnbürsten und Zahnpasta lagen zusammen mit Rasiergel und Rasiermessern auf dem Waschtisch. Phoebe hatte an alles gedacht.

Lilly hatte sich noch nie zuvor in einem fremden Haus so willkommen gefühlt. Plötzlich schossen ihr Tränen in die Augen. Der zweite Anschlag auf ihr Leben hatte ihr deutlich gemacht, dass sie auf keinen Fall jemals wieder nach Hause zurückkehren konnte. Sie war jetzt für ihr Wohlbefinden auf Fremde angewiesen. Obwohl nicht alle Fremde waren. Jack war kein Fremder. Er hatte so viel für sie riskiert. Sogar sein eigenes Leben. Als Gegenleistung verlangte er jedoch nichts.

Lilly drehte das Wasser auf und trat in die große Dusche. Das warme Wasser perlte wie Morgentau von ihrer Haut. Ihr Herzschlag wurde langsamer und ihr Atem beruhigte sich. Sie schloss die Augen und begann, sich zu entspannen.

Die Türscharniere knarrten, und Lilly blickte über die Schulter. Jack stand da, seine Brust entblößt, aber er trug immer noch die Hose, die Ace ihm geliehen hatte.

„Noch eine Dusche?", fragte er mit einem Lächeln, während sein Blick über ihren Körper schweifte.

„Die hier ist entspannender." Sie drehte ihren Körper zu ihm und war sich bewusst, dass seine Augen sie verschlangen. Ihr Herz begann wieder schneller zu schlagen, aber diesmal war es nicht die Folge von Stress. „Möchtest du reinkommen?"

Er legte seine Hände auf den obersten Knopf seiner Khakihose. „Das kannst du aber glauben."

Sie beobachtete, wie er sich seiner Hose entledigte. Als er seine Boxershorts herunterzog, ragte sein Schwanz heraus, hart und schwer, die pralle Spitze zeigte in den Himmel. Er öffnete die Glastür zur Dusche und trat hinein, dann zog er Lilly an sich.

„Bist du in Ordnung?", fragte er. „Was vorhin passiert ist, muss dich mitgenommen haben."

„Das hat es. Aber du warst da und hast mich gerettet. Das ist jetzt das zweite Mal." Sie sah zu ihm auf und legte ihre Hand in seinen Nacken, um sein Gesicht zu sich herunterzuziehen. „Willst du dafür ein Dankeschön?"

„Ein Dankeschön?" Er schüttelte den Kopf. „Dass du am Leben bist, ist Dank genug."

Sie glitt mit ihrer anderen Hand seinen Oberkörper hinab, bis sie seine Erektion streifte.

Jack zog zischend den Atem ein.

„Heißt das, du willst nicht, dass ich jetzt hier auf die Knie falle" – sie begegnete seinem Blick und leckte sich über die Lippen – „und dich lutsche, bis du kommst?"

Jack ließ seine Hand auf ihren Hintern gleiten und zog sie zu sich, sodass sein Schwanz gegen ihren Bauch drückte. Seine Lippen öffneten sich.

Zufrieden mit der Wirkung, die ihre Worte auf ihn hatten, fügte sie hinzu: „Ich erinnere mich, dass du das vor sieben Jahren sehr genossen hast."

„Verdammt noch mal, Lilly", murmelte er an ihrem Mund, „wir müssen uns ausruhen. Aber wenn du so redest, raubst du mir meine Selbstbeherrschung." Er rieb seinen Schwanz an ihrer Haut. Er küsste sie hart, aber nur für ein paar Sekunden, bevor er sie losließ. „Jetzt geh schon auf deine Knie, Baby, und blase mir einen."

Sein Befehl ließ ihr einen Schauer über den Rücken laufen, ihre Brustwarzen hart werden und ihre Klitoris pochen. Das Wasser aus der Dusche rann ihren Rücken hinab und Lilly ging in die Knie. Jack packte seine Erektion an der Wurzel und brachte die Spitze an Lillys Lippen.

Langsam, aufreizend öffnete Lilly ihren Mund und leckte über die empfindliche Haut der Spitze, dann legte sie ihre Lippen um den harten Schaft und glitt an ihm herab soweit sie konnte.

„Fuck!", entfuhr es Jack.

Sie spürte, wie er einen Moment lang schwankte, bevor er sich an den Fliesen hinter ihr abstützte. Lilly legte ihre Hände auf seine Hüften und wich ein wenig zurück, dann sog sie ihn wieder tiefer in ihren Mund.

Jack nahm ihren Kopf in beide Hände. „Langsam Baby oder ich komme in zehn Sekunden."

Sie sah zu ihm auf und begegnete seinem Blick. Seine Augen leuchteten genauso wie vor sieben Jahren, mit der gleichen Intensität und Leidenschaft. Sie erkannte den Mann von damals hinter seinem neuen Gesicht, sah, dass er immer noch derselbe war. Immer noch der Mann, der in jener Nacht vor langer Zeit so unersättlich gewesen war. Sie hatte danach so tief geschlafen, dass sie nicht gehört hatte, wie er sie verließ. Nur dieses Mal sah sie das Versprechen in seinen Augen, das Versprechen, dass es diesmal anders sein würde. Diesmal würde er nicht gehen.

Lilly legte eine Hand um seine Wurzel und begann, tief und hart zu saugen. Sie genoss seinen männlichen Geruch, den salzigen Geschmack seines Lusttropfens, die weiche Haut über der harten Stange. Jack bewegte sich synchron mit ihr, als hätten sie das schon eine Million Mal gemacht. Sein Stöhnen prallte von den Duschwänden ab, verstärkte sich und bewies ihr, wie nahe er seinem Höhepunkt war. Je näher er ihm kam, desto schneller wurde ihr Tempo. Sie wollte, dass er die Kontrolle verlor. Lilly musste spüren, dass er ihr ebenso wenig widerstehen konnte, wie sie ihm. Und sie wollte fühlen, dass sie gleich empfanden.

„Verdammt, Lilly!", rief er aus und zog sich aus ihrem Mund heraus.

Bevor ihr klar wurde, was er vorhatte, fand sie sich gegen die Fliesen gedrückt wieder. Ihr Rücken war Jack zugewandt und seine Hände lagen auf ihren Hüften. Er zog sie an sich und drückte ihren Hintern an seine Leiste. Sie spürte seine Erektion zwischen ihren Schenkeln, stützte sich an der Wand ab, als Jack in sie stieß. Ein heftiger Schauder durchfuhr sie und ein Stöhnen entwich ihrer Kehle.

„Jack!"

Er hielt ihre Hüften fest und kontrollierte so ihre Bewegungen. Sein Mund war an ihrem Ohr. „Jetzt wirst du spüren, was passiert, wenn du mich an den Rand meiner Selbstbeherrschung treibst."

Sie hätte gekichert, aber Jack stieß hart und tief in sie und raubte ihr den Atem. Ihr Körper fühlte sich an, als stünde er in Flammen. Nichts hatte sich jemals besser angefühlt als Jacks Schwanz in ihr, der sie an ihre Grenzen brachte, ihre Unterwerfung forderte und sie zur Ekstase trieb. Er kontrollierte jetzt jede ihrer Bewegungen, gab das Tempo und den Rhythmus vor – und sie erlaubte es ihm.

Immer noch hart stoßend, ließ Jack ihre Hüften los und strich mit beiden Händen seitlich ihren Oberkörper hinauf, dann ließ er seine Hände zu ihren Brüsten gleiten und neckte ihre Nippel mit den Fingern.

„Du hast mich so geil gemacht ...“ Er atmete schwer. „... mit deinem Mund um meinen Schwanz. Wenn du das nochmal machst, muss ich dich warnen. Ich werde mich nicht zurückziehen.“

Sie drehte ihr Gesicht zur Seite. „Ich habe dich nicht darum gebeten.“

Die Antwort schien seine Erregung noch höher zu treiben. Sein Tempo erhöhte sich, seine Stöße wurden härter. Eine Hand glitt plötzlich auf ihre Muschi und mit fachmännischer Präzision rieb er ihre Klitoris.

Lilly stöhnte, ihre Erregung tanzte bereits am Rande des Abgrunds. Es brauchte nicht mehr viel und sie würde ihren Höhepunkt erreichen. Jack küsste ihren Hals, während sein Schwanz tief in ihren engen Kanal eintauchte und seine Hand ihr Lustzentrum streichelte. Sie konnte das Herannahen ihres Orgasmus nicht aufhalten, könnte ihn nicht aufhalten, selbst wenn ihr Leben davon abhinge. Ihr ganzer Körper erbebte vor Vergnügen, als Welle um Welle immer wieder über ihr zusammenschlug, bis sie spürte, wie Jacks Schwanz zuckte und sein heißes Sperma in sie schoss.

Lillys Beine zitterten, ihre Knie drohten zusammenzubrechen, als sie spürte, wie Jack seinen Arm um ihre Taille legte und sie stützte. Er war immer noch in ihr, immer noch hart.

„Ich hab dich", flüsterte er ihr ins Ohr.

Sie drehte ihren Kopf und bot ihm ihre Lippen an. Er küsste sie sanft. Dann glitt sein Schwanz aus ihr und er drehte sie in seinen Armen und drückte sie an seine Brust.

„Siehst du, was du mit mir anstellst?", sagte Jack leise. „Du verwandelst mich in ein Biest."

„Ich mag ein bisschen Biest in meinem Mann."

„Das ist gut so, denn ich weiß nicht, wie ich das Biest ausschalten soll, wenn ich mit dir zusammen bin."

21

Es war Mittag, als Jack in den Computerraum der Villa ging, wo Fox und Ace hart arbeiteten. Ace saß an einem Computer und schaute kurz über seine Schulter, bevor er seine Arbeit fortsetzte.

Fox begrüßte ihn. „Ace hat mir erzählt, was gestern Nacht passiert ist. Es ist überall in den Nachrichten."

„Sie werden nichts finden. Schade, dass sie so schnell verblutet ist. Ich fürchte, ich habe nicht viel aus ihr herausbekommen, bevor sie starb."

„Mehr als nichts. Zumindest wissen wir,

dass sie dieses große MRT-Gerät verwenden, um das Gehirn zu scannen, obwohl wir keine Ahnung haben, was dabei herauskommen soll."

Jack nickte. „Und dass es so gefährlich ist, dass der Patient sterben kann."

Ace wandte sich vom Computer ab. „Wir müssen davon ausgehen, dass sie Thomas in diese Maschine gesteckt haben und dass ihn das früher oder später getötet hat. Damit wäre dann auch erklärt, warum sie nicht zulassen konnten, dass sein Körper in die falschen Hände gerät. Eine Autopsie hätte vermutlich ergeben, was wirklich passiert ist."

„Ja", sagte Jack, „und das bedeutet auch, dass der Gerichtsmediziner, den sie dazu gebracht haben, die Sterbeurkunde zu unterschreiben, auch eliminiert werden musste. Sie dürfen keine Spuren hinterlassen. Habt ihr etwas über Deja Lashae gefunden? Wer war sie wirklich?"

Ace zeigte auf den Computer. „Sie war beim Militär, bis sie einen Sohn zur Welt brachte. Der Vater wird nirgends erwähnt. Danach arbeitete sie bei einem privaten Sicherheitsdienst."

Jack blickte Ace über die Schulter auf den Bildschirm, der Dejas Militärakte zeigte.

„Deshalb kannte sie sich mit Waffen aus. Hatte sie eine Ausbildung bei den Scharfschützen?"

„Ja." Ace scrollte weiter nach unten.

„Also war sie die Attentäterin, die vom Parkhaus auf Lilly geschossen hat?", fragte Jack.

Fox stand auf und gesellte sich zu ihnen. „Ja. Ihr Handy hatte ungefähr zur gleichen Zeit, als sie versuchte, Lilly auf der Plaza vor Delta Labs zu töten, mit einem nahe gelegenen Mobilfunkmast Verbindung. Ich schätze, ihr privater Sicherheitsjob beinhaltete Attentate."

Einen Moment lang dachte Jack darüber nach, was Deja vor ihrem Tod gesagt hatte. „Das glaube ich nicht. Sie erwähnte, dass sie ihren Sohn beschützen wollte. Vielleicht hatte Smith etwas gegen sie in der Hand?"

„Mal sehen", sagte Fox und schob Ace beiseite, bevor er anfing, auf der Tastatur zu tippen. Ein paar Augenblicke später zeigte er auf den Bildschirm. „Da ist es. Ihr Sohn Kobe

Lashae ist beim Militär und wurde beschuldigt, eine Soldatin seiner Einheit sexuell missbraucht zu haben. Er wird vor dem Militärgericht angeklagt. Offenbar gibt es keine Zeugen. Ihr Wort steht gegen seines."

„Ich wette zwanzig Dollar, dass die Anschuldigungen falsch sind", sagte Jack. „Smith hat sie erfunden, damit er Deja erpressen konnte. Zuerst musste sie Will Reed ausspionieren, um Thomas zu finden, und dann ihre Scharfschützenfähigkeiten einsetzen, um Lilly zu töten, als sie zu viele Fragen stellte."

„Sieht so aus", sagte Fox. „Vielleicht finden wir etwas Ähnliches im Hintergrund von Dr. Amy Price. Smith hat sie benutzt, um zu vertuschen, wie Thomas gestorben ist."

Jack brummte. „Es kann sein, dass die Asche, die sie seinem Vater geschickt haben, nicht einmal seine war." Er fuhr sich mit der Hand durchs Haar. „Du hast gesagt, ihr habt Dejas Handy überprüft. Habt ihr irgendwas gefunden, das uns helfen könnte?"

Fox wechselte die Bildschirme. Eine Karte von Washington D. C. mit Teilen von Virginia und Maryland erschien. Darauf waren viele

Punkte verstreut. „Das sind die Orte, an denen Dejas Telefon von verschiedenen Mobilfunkmasten registriert wurde."

„Sie war viel unterwegs", sagte Jack. „Das wird uns nicht weiterhelfen."

Ace zeigte auf einen Punkt auf der Karte. „Dort haben wir die Mikrodrohne im Lager gefunden. Deja war ungefähr zum Zeitpunkt von Thomas' Tod in derselben Gegend."

„Ungefähr zur Zeit des riesigen Stromverbrauchs, den ich gestern erwähnt habe", warf Fox ein.

Ace nickte. „Also denken wir, dass Dejas Geschichte wahr ist. Sie hat Thomas vielleicht an Smith übergeben oder ihm zumindest seinen Aufenthaltsort mitgeteilt, damit er ihn schnappen konnte."

Jack schüttelte den Kopf. „Es gibt eine Sache, die nicht ganz zu diesem Szenario passt."

„Was für eine Sache?"

„Thomas fand das Lagerhaus und hatte nicht nur Zeit, ein Video zu machen, sondern dieses auch im Haus seines Vaters zu verstecken. Und Will Reed sagte, dass *sie* in seinem Haus war und dass *sie* ihn angelogen hatte, dass *sie* es war und dass die Regierung *sie* geschickt hatte. Ich glaube, entweder Thomas oder sein Vater fanden heraus, dass Deja für Smith arbeitete. Vielleicht war Thomas in der Lage, sie zu diesem Lagerhaus zu verfolgen, und so konnte er filmen, was sich darin befand. Vielleicht hat er später versucht, Deja im Haus seines Vaters auszuschalten, aber Smith oder Deja hatten die Mikrodrohne bereits eingesetzt, damit sie ihn außer Gefecht setzen konnten."

Fox und Ace tauschten einen Blick aus.

„Hmm, das ist möglich", sagte Ace. „Das gibt uns aber immer noch keinen Hinweis darauf, wo sie die Anlage jetzt aufgebaut haben."

„Habt ihr in der Gegend keine Umzugswagen gefunden, die die Ausrüstung transportiert haben könnten?", fragte Jack.

„Wir fanden zu viele", sagte Fox. „Wir können unmöglich allen folgen." Dann lächelte er unerwartet. „Also arbeiten Michelle und ich daran, uns mit dem Stromnetz zu verbinden, um nach Gebäuden mit ungewöhnlich hohen

Stromverbräuchen zu suchen. Deren Adressen gleichen wir mit den Sichtungen von großen Lieferwagen ab, die möglicherweise die Geräte transportiert haben."

„Das ist schlau. Noch nichts gefunden?", fragte Jack.

„Wir haben das Programm erst in der letzten halben Stunde zum Laufen gebracht. Es ist kein Plug-and-Play, es erfordert etwas Fingerspitzengefühl."

Ace schmunzelte. „Ich glaube, dies ist der Moment, in dem Fox nach Komplimenten zu seinen überlegenen IT-Fähigkeiten sucht."

Fox verdrehte einfach die Augen. „Ich werde es euch wissen lassen, wenn wir etwas finden. Das kann ein paar Stunden dauern."

„Wir können in der Zwischenzeit nicht einfach herumsitzen und Däumchen drehen", sagte Jack.

Ace warf ihm einen Blick zu. „Dann lass uns unsere Ausrüstung zusammenpacken, damit wir vorbereitet sind, wenn wir einen Standort bekommen. Da wir keine Ahnung haben, wie oft sie die Geräte an andere Orte transportieren, haben wir möglicherweise nur ein kurzes Zeitfenster."

„Ja, das macht mir auch Sorgen", stimmte Jack zu. Er hasste es, herumzusitzen und nichts zu tun.

Jack verließ mit Ace den Computerraum. Sie durchquerten das Foyer und Jack hörte Stimmen aus der Küche. Lilly sprach mit Michelle und Phoebe.

„Ich habe mich noch nicht bei dir bedankt, dass du uns aufgenommen hast", sagte Jack, während Ace eine Tür öffnete und ihn aufforderte, ihm die Treppe hinunter in den Keller zu folgen.

„Gern geschehen. Um die Wahrheit zu sagen, Phoebe mag Gesellschaft. Sie war Reporterin, weißt du, und hatte früher täglich mit vielen Leuten zu tun. Jetzt gibt es nur noch mich und sie, und Fox und Michelle, aber die sind normalerweise nicht Tag und Nacht hier."

Der Keller war ein riesiger Raum, der in mehrere Abschnitte unterteilt war. Neonröhren an der Decke beleuchteten den Bereich, der mit großen Schränken ausgestattet war. Er beherbergte auch eine Werkbank, eine große Spüle und verschiedene Maschinen.

„Wir haben alles, um Molotowcocktails, Rohrbomben, Rauchbomben und alles, was das Herz sonst noch begehrt, herzustellen."

Jack nickte anerkennend. „Übertrifft meine Anlage um Längen."

„Lass uns an die Arbeit gehen."

22

Lilly deckte den großen Tisch in der Küche für ein spätes Mittagessen. Sie hatte Phoebe beim Zubereiten von Sandwiches und einem Salat geholfen, während Michelle Fox im Computerraum geholfen hatte. Michelle hatte zuversichtlich geklungen, dass sie bald in der Lage sein würden, den Ort zu finden, an dem Smith nach der Aufgabe des Lagerhauses in Great Falls die Installation neu errichtet hatte.

In einem kleinen Fernseher an der Wand berichtete eine Nachrichtensendung über die im Büropark gefundene Leiche. Sie hatten Deja noch nicht identifizieren können, aber

Lilly wusste, dass dies nur eine Frage der Zeit sein könnte, obwohl Jack Geldbörse, Telefon und Schlüssel mitgenommen hatte.

„... nach Angaben der Polizei", sagte ein Reporter, der vor Delta Labs stand.

Lilly hörte Schritte an der Tür und schaute über ihre Schulter, um Ace und Jack hereinkommen zu sehen.

Der Reporter fuhr fort: „Nach der Schießerei am Mittwoch am selben Ort stellen sich die Angestellten in diesem Büropark, in dem mehrere Pharmafirmen und Labors untergebracht sind, jedoch die Frage, ob diese Anschläge nicht eher auf die Firmen und ihre Preisgestaltung gerichtet sind, als auf eine bestimmte Person."

„Das ist eine glückliche Wendung", sagte Jack und deutete auf den Fernseher.

„Das hat nichts mit Glück zu tun", antwortete Ace. „Phoebe hat immer noch Kontakte zu den Medien. Sie ließ einen Hinweis fallen, um die Ermittlungen in eine andere Richtung zu lenken."

Jack ging zu Lilly und küsste sie auf die Wange. „Bist du in Ordnung?"

„Das kommt schon noch." Solange sie nicht zu viel über all die Dinge nachdachte, die hätten passieren können, wenn Jack Deja nicht hätte ausschalten können. „Ihr müsst fast verhungert sein."

Phoebe betrat die Küche. Ace nahm sie in den Arm und küsste sie, dann legte er seine Hand auf ihren Bauch und sie tauschten einen zärtlichen Blick aus.

Lilly wandte sich ab und bemerkte, dass Jack sie ansah. Sein Blick war genauso liebevoll wie der Blick, den Ace und Phoebe ausgetauscht hatten. Ihr Herz raste und sie fühlte, wie ihr das Blut heiß in die Wangen stieg.

"Essen, großartig!", sagte Fox von der Tür, als er mit Michelle eintrat. Er ging zum Tisch und setzte sich. „Ich bin ausgehungert." Er belud seinen Teller mit Salat und einem Sandwich.

„Ich brauche auch einen Bissen", gab Jack zu und ging zum Tisch.

Lilly folgte ihm, aber bevor Jack den Tisch erreichte, blieb er ruckartig stehen und sie stieß fast mit ihm zusammen.

„Jack?"

Er antwortete nicht, sondern stand nur stocksteif da. Lilly ging um ihn herum und griff nach seinem Unterarm, als sie bemerkte, dass er geradeaus starrte und sich sein Brustkorb heftig hob und senkte.

„Was stimmt nicht?"

„Scheiße", stieß Fox aus und sprang auf. „Lass ihn los!"

Lilly nahm sofort ihre Hand von Jacks Arm, verblüfft über Fox' scharfe Worte.

„Er hat eine Vorahnung. Zieh ihn nicht da heraus", warnte Ace. „Er muss es bis zum Ende sehen."

Überrascht und zugleich neugierig sah Lilly Jack an. Sein Gesicht zuckte und seine Augen bewegten sich, als würde er auf etwas reagieren. Sie hatte bisher nicht darüber nachgedacht, wie eine Vorahnung bei ihm aussehen würde. Als er im Schlaf eine alptraumhafte Vision hatte, hatte sie ihn geschüttelt, damit er aufwachte, und jetzt fragte sie sich, ob sie es lieber nicht hätte tun sollen. Vielleicht hätte er mehr gesehen, wenn sie ihn nicht geweckt hätte.

Plötzlich schwankte Jack und es sah so aus, als würde er nach vorne fallen, aber Ace hatte ihn bereits gepackt, um ihn zu stützen.

„Danke, danke", sagte Jack atemlos.

Niemand sagte ein Wort. Offensichtlich wussten Ace und Fox, dass er ein paar Sekunden brauchte, um sich zu orientieren.

„Mir geht es gut", sagte Jack und straffte dann die Schultern. „Aber wir haben ein Problem."

„Was hast du gesehen?", fragte Ace.

„Das große MRT-Gerät, das aus Thomas' Video. Wenn Deja recht hatte, als sie sagte, dass dieses Gerät das Gehirn verbrennt, dann haben wir keine Zeit zu verlieren. Ich habe gesehen, wie sie einen Typen darin festgeschnallt haben. Sie beginnen mit dem Scan. Um fünf Uhr."

Lillys Blick schoss zu der Uhr an der Wand. „Damit bleiben uns nur noch drei Stunden ..."

„Und da ist noch etwas", fügte Jack mit einem Blick auf Ace und Fox hinzu. „Ich habe den Typen schon einmal gesehen. Schwarz, Mitte dreißig, rasierter Kopf, fit. Ich glaube, er ist einer von uns."

„Fuck", zischte Ace und stürmte bereits in den Computerraum, Jack auf seinen Fersen.

Fox schnappte sich sein Sandwich, nahm einen großen Bissen und eilte ihnen nach. Lilly folgte ihnen. Sie war plötzlich nicht mehr hungrig. Sie konnte Thomas nicht retten, aber wenn sie irgendetwas tun könnte, um die nächste arme Seele vor einem irreparablen Gehirnschaden zu bewahren, würde sie es tun.

Michelle und Phoebe folgten ihnen in den Computerraum.

„Alle Mann an Deck", sagte Michelle.

Im Computerraum hatte Ace bereits eine Datei mit Fotos und Namen hochgeladen und projizierte sie auf den großen Monitor an der Wand.

„Was ist das?", fragte Lilly Phoebe, die neben ihr stand.

„Eine Liste aller Stargate-Agenten", murmelte sie.

Lilly sah zu, wie Ace durch die Fotos scrollte, während Jack den Monitor fixierte. Sie erkannte mehrere der Männer: Fox, Ace, Thomas und Jack – den alten Jack, wie er vor der Schönheitsoperation ausgesehen hatte.

„Stopp!", befahl Jack und deutete auf den Monitor. „Das ist er, das ist der Mann, den sie in diese Maschine schnallen werden."

„Jay Garner, Codename Tiger", las Ace. „Okay, alle zusammen, wir haben sehr wenig Zeit. Phoebe und Lilly, macht den Lieferwagen angriffsbereit."

„Angriffsbereit?", wiederholte Lilly.

„Phoebe wird es dir zeigen. Michelle und Fox, findet einen Weg, den Abgleich von Stromspitzen mit den Strecken der Lieferwagen, die für den Transport der Ausrüstung groß genug sind, zu beschleunigen. Jack, wir beide werden alles, was der Computer bei der Suche ausspuckt, manuell gegenprüfen. Los geht's. Die Uhr tickt."

23

Eine halbe Stunde nach der Vorahnung, dass Tigers Gehirn gescannt werden sollte, starrte Jack auf einen Punkt auf der Landkarte.

„Seid ihr sicher, dass wir hier richtig sind?", fragte Jack und sah Fox und Michelle an.

„Positiv", sagte Fox. „Kurz nach dem Tod von Thomas fuhren mehrere Lieferwagen in die Straße, in der sich dieses Gebäude befindet. Leider gibt es keine Kameras, die zeigen, dass die Lieferwagen das Grundstück betreten und ihre Fracht abgeladen haben."

Fox zeigte auf ein Video, das von einer

Verkehrskamera an einer Kreuzung aufgenommen worden war. „Eine Stunde später kommen dieselben Transporter zurück." Er zeigte auf die nächste Aufnahme. „Siehst du das?"

Jack konzentrierte sich auf die Lieferwagen und ihre Reifen. „Kannst du die Reifen vergrößern?"

Fox kam seiner Bitte nach.

Fox hatte recht. Und Jack konnte es jetzt auch sehen. „Sie haben ihre Fracht abgeladen. Auf dem Weg dorthin waren die Lastwagen schwerer. Diese sind leichter ... Man sieht mehr von den Reifen."

Fox nickte. „Genau. In dieser Straße gibt es nur sehr wenige Gebäude. Und das einzige Gebäude, das im letzten Monat einen erhöhten Stromverbrauch hatte, ist dieses." Fox wechselte zu Google Street View und zoomte auf ein großes Lagerhaus. „Sie fällt mit der Lieferung der Geräte zusammen. Und heute früh ist der Stromverbrauch noch weiter gestiegen. Allerdings nicht ganz so stark wie am vorherigen Standort."

„Sie bereiten sich auf etwas vor", warf Ace

ein. „Es ist, als würden sie einen Probelauf machen ...“

Er musste seinen Satz nicht beenden. Jeder im Raum wusste, was er damit meinte.

Jack nickte. „Sie kalibrieren die Maschine, damit sie heute Abend bereit ist. Wir müssen uns beeilen.“

Ace sah Michelle an. „Hast du noch die Kontrolle über den Satelliten von gestern?“

„Sicher. Es wird weniger als fünf Minuten dauern, ihn neu zu positionieren“, sagte Michelle. „Und wenn alles erst einmal eingerichtet ist, kann ich das Gebäude mobil überwachen.“

„Warum mobil?“, fragte Jack.

„Weil ich mitkomme.“

„Zu gefährlich“, sagte Jack und sah Fox an, überrascht, dass dieser nicht protestiert hatte.

Aber Fox zuckte nur kapitulierend mit den Schultern. „Schau mich nicht so an, Mann. Michelle trifft ihre eigenen Entscheidungen, egal, was ich einzuwenden habe.“

Jack sah zur Tür, wo Phoebe und Lilly gerade zurückkamen.

„Ich bin nützlicher, wenn ich mit euch

mitkomme", fügte Michelle hinzu. „Ich bin die Einzige, die jemals Smiths Stimme gehört hat. Wenn er dort ist, erkenne ich ihn. Es ist unsere Chance, ihn zu fangen."

„Sie hat recht", sagte Ace. „Aber wir haben nur eine Kevlar-Weste."

„Wir haben mehr als eine", sagte Phoebe. „Der Van ist übrigens fertig." Dann blickte sie auf den großen Monitor an der Wand. „Ist das der Ort?"

Ace nickte. „Ja. Was meintest du damit, dass wir mehr als eine Kevlar-Weste haben?"

Phoebe deutete zu Michelle. „Michelle hat welche bestellt, nachdem ihr in Great Falls zum Lagerhaus gegangen seid."

Jack, Ace und Fox starrten Michelle an.

Michelle grinste. „Es stellte sich heraus, dass man bei Amazon Kevlar-Westen kaufen kann." Sie zuckte mit den Schultern. „Mit Lieferung am nächsten Tag. Sie kamen kurz vor dem Mittagessen an."

„Du hast sie hierher liefern lassen?", fragte Jack ungläubig. „Sie könnten uns aufspüren ..."

„Ich bin kein Idiot, Yankee", unterbrach Michelle. „Ich habe ein Konto verwendet, das ich noch nie zuvor benutzt habe, und sie zu einem Haus ein paar Blocks entfernt liefern lassen. Die Familie, die dort wohnt, ist im Urlaub. Phoebe hat das Paket heute abgeholt."

Michelle ging zu einem der Computer und setzte sich, ihre Finger schwebten bereits über der Tastatur.

Phoebe grinste. „Wenigstens kann auch ich gelegentlich etwas Nützliches tun. Ich habe sie in der Garage gelassen."

Jack wechselte einen Blick mit Fox und Ace. „Okay, dann machen wir vier uns auf den Weg, sobald Michelle mit der Neupositionierung des Satelliten fertig ist."

„Ich komme auch mit", sagte Lilly.

Jack wirbelte zu ihr herum. „Nein, auf keinen Fall."

„Aber du hast Michelle gehört. Wir haben genug Kevlar-Westen. Und du lässt Michelle kommen."

Jack knirschte mit den Zähnen. „Das ist nicht meine Entscheidung. Das ist die von Michelle und Fox."

„Und das ist meine", sagte Lilly bestimmt. „Ich bin Ärztin und Tiger braucht vermutlich medizinische Hilfe. Du hast keine Ahnung, in welchem Zustand er ist."

„Und woher willst du das wissen?", brummte Jack. „Du hast vor nicht allzu langer Zeit selbst gesagt, dass du dich seit Jahren nicht mehr um Patienten gekümmert hast."

„Das heißt nicht, dass ich nicht erkennen kann, welche Symptome jemand hat und was sie bedeuten. Wir haben nicht viel Zeit, um Tiger zu helfen. Oder willst du ihn ins nächste Krankenhaus fahren, sobald du ihn befreit hast?"

Jack schwieg, ebenso wie seine Stargate-Kollegen. Er wusste ganz genau, dass sie sich nicht leisten konnten, Tiger zur Behandlung in ein Krankenhaus zu fahren. Ihre Feinde könnten davon Wind bekommen.

„Tja, dachte ich mir schon", sagte Lilly nach ein paar Sekunden des Schweigens.

„Wir bringen ihn hierher zurück", sagte Jack, obwohl er wusste, dass er diesen Kampf mit Lilly bereits verloren hatte. Sie war nicht zimperlich, aber hatte er wirklich erwartet, diesen Streit zu gewinnen?

„Nicht gut genug. Ich komme mit."

Ace und Fox tauschten einen Blick aus und schmunzelten.

„Ihr werdet mich nicht unterstützen, oder?", fragte Jack die beiden. Als sie den Kopf schüttelten, sah er Lilly an. „Du bleibst draußen, bis ich dir Bescheid gebe, reinzukommen. Ist das klar?"

Lilly nickte. „Glasklar."

„Okay", sagte Ace und übernahm das Kommando. „Auf geht's."

24

Das Gebäude, in das Smith die Maschinen nach der Räumung in Great Falls verlegt hatte, befand sich in einer bewaldeten Gegend außerhalb von Manassas, Virginia. Die Fahrt hätte nur eine Stunde und fünfzehn Minuten dauern sollen, aber ein Unfall auf der Autobahn hatte zu einer großen Verzögerung geführt. Der Umweg, den sie nehmen mussten, hatte ihre Reise um fast eine Stunde verlängert. Als sie ihr Ziel erreichten, war es fünfzehn Minuten vor fünf.

Ace war gefahren, während Jack auf dem

Beifahrersitz saß. Michelle, die mit Fox, Lilly und einem Laptop hinten im Van saß, hatte sie über die Vorgänge in der Umgebung des Gebäudes auf dem Laufenden gehalten. Alle im Auto trugen Kevlar-Westen und waren mit Ohrstöpsel ausgestattet, damit sie sich im Gebäude problemlos verständigen konnten.

„Da geht definitiv was vor sich", sagte Michelle jetzt, als sie etwa fünfhundert Meter davor anhielten.

Jack drehte sich auf dem Beifahrersitz um und sah Michelle an. „Kannst du sehen, ob es Überwachungskameras rund um das Gebäude gibt?"

„Das ist auf dem Satellitenbild schwer zu erkennen, aber lass uns annehmen, dass es Kameras gibt, die sie warnen, wenn sich jemand nähert", schlug Michelle vor.

„Wir müssen sie ausschalten", meinte Jack.

„Leichter gesagt als getan", sagte Michelle. „Das Problem ist, wenn ich den Strom zum Gebäude abschalte, wissen sie, dass wir kommen."

„Das sollten wir uns besser für später

aufheben", warf Ace ein und sah Jack an. „Wie gut schießt du?"

„Gut genug", sagte Jack und verstand, was Ace vorhatte. „Michelle, wie viele Eingänge siehst du?"

„Einen vorne, einen hinten und die Laderampe."

Michelle drehte den Laptop für alle sichtbar um, während sie auf die entsprechenden Stellen auf dem körnigen Satellitenbild wies.

„Wir müssen davon ausgehen, dass es an allen drei Eingängen Kameras gibt. Wenn wir freie Sicht haben und alle Kameras gleichzeitig ausschalten können, denken sie vielleicht, dass es nur ein technisches Problem ist", überlegte Jack.

„Okay", sagte Ace, „das können wir machen. Wir müssen Schalldämpfer benutzen und uns zu Fuß durch den Wald schlagen."

„So machen wir das", stimmte Jack zu. „Fox?"

Fox zog seine Waffe und schraubte den Schalldämpfer auf die Mündung. „Ich bin bereit, wenn ihr es seid."

„Lilly, du und Michelle, ihr bleibt hier, bis wir wissen, was drinnen vor sich geht", sagte Jack.

„Sei vorsichtig", bat Lilly. Sie sah besorgt drein.

„Ich bin immer vorsichtig", versicherte ihr Jack.

Augenblicke später verließen Ace, Fox und Jack das Fahrzeug.

„Fox, du nimmst den Hintereingang, ich den Vordereingang", sagte Ace, „Jack, du übernimmst die Laderampe."

Sie schwärmten aus und marschierten in den Wald. Die Bäume und das Gestrüpp boten gute Deckung. Smith und seine Handlanger hatten diesen Ort wahrscheinlich gewählt, weil das Gebäude von der Straße aus nicht gut zu sehen war und so ihre schändlichen Taten vor der Öffentlichkeit verborgen blieben. Aber die versteckte Lage bedeutete auch, dass Jack und seine Stargate-Kollegen sich dem Gebäude nähern konnten, ohne gesehen zu werden.

Jack lief durch den Wald und hielt

Ausschau nach Stolperdrähten und Kameras. Er konnte keine entdecken. Hätte er eine Einrichtung wie diese, würde er dafür sorgen, dass Bewegungssensoren zwischen den Bäumen rund um das Gebäude installiert wären, um vor einem Hinterhalt zu warnen.

Jack war fast an Ort und Stelle, als er Ace in seinem Ohr hörte. „Ich habe die Kamera über dem Vordereingang im Blick."

„Ich bin gleich nahe genug dran", sagte Fox.

„Fast da", fügte Jack hinzu.

Er war jetzt noch ungefähr hundert Meter von dem Gebäude entfernt, als er an einem großen Baum vorbeiging und die Laderampe erspähte. Dort stand ein weißer LKW, aber die Fahrerkabine war leer. Jack ließ seinen Blick schweifen, doch er konnte niemanden sehen. Er musste davon ausgehen, dass sich der Fahrer im Gebäude befand.

Die Doppeltüren, die von der Laderampe in das Gebäude führten, lagen in Jacks Sichtweite. Der Lieferwagen versperrte ihm allerdings die direkte Sicht auf die darüberliegende Kamera, sodass er von der Seite zielen musste.

„In Position", flüsterte Jack in sein Mikrofon.

„Ebenso", sagte Fox.

„Ich zähle bis drei", verkündete Ace. „Eins, zwei, drei."

Jack drückte auf den Abzug. Die Kugel fand ihr Ziel. Das Objektiv der Kamera zersplitterte und die Glassplitter fielen zu Boden. „Direkter Treffer."

„Die Kamera an der Vordertür ist zerstört."

„Hintertür auch", fügte Fox hinzu.

„Nähert euch den Türen", sagte Ace. „Meldet euch, wenn ihr die Schlösser geknackt habt."

Jack duckte sich so tief wie möglich und nutzte alles, was ihm als Deckung zur Verfügung stand, während er zur Laderampe lief. Er sah sich um, sah aber niemanden. Die Fenster auf dieser Seite des Gebäudes lagen hoch, und er war sich sicher, dass niemand herausschaute. Wenn seine Vorahnung richtig war, waren sie drinnen zu beschäftigt. Er warf einen Blick auf seine Uhr. Fünf Minuten vor fünf. Es wurde knapp, zu knapp für seinen Geschmack.

Als Jack die Doppeltüren an der Laderampe erreichte, bemerkte er, dass die Türen nur angelehnt waren.

„Die Türen der Laderampe sind nicht verschlossen", berichtete er.

„Ich arbeite an der Hintertür", sagte Fox.

„Ich brauche vorne noch ein paar Sekunden", antwortete Ace.

Jack drückte sich an die Wand neben der Doppeltür, während seine Augen die Umgebung absuchten. Sekunden fühlten sich wie Minuten an.

„Ace?"

„Ich hab's", sagte Ace.

„Ich auch", antwortete Fox.

„Wir sehen uns drinnen", erwiderte Ace.

Jack öffnete langsam die Tür und lauschte auf Geräusche von drinnen, dann spähte er hinein. Der Bereich hinter der Laderampe war dunkel und ruhig. Jack schlich sich hinein. Er fand sich in einem Raum mit Paletten und Verpackungsmaterial, leeren Kisten und Kartons wieder. Ein Vorhang aus dicken

Plastikplanen, wie sie in Kühlräumen einer Fleischverpackungsfabrik üblich waren, trennte den Bereich vom Rest des Gebäudes. Es dämpfte die Stimmen und Geräusche, die aus dem Hauptteil des Lagerhauses kamen.

Jack schob zwei Plastikplanen um ein paar Zentimeter auseinander und spähte durch die Lücke. Er brauchte nicht lange, um die Lage zu beurteilen. Er schob das Plastik wieder zu und zog sich ein paar Meter zurück, bevor er es wagte, in sein Mikrofon zu flüstern.

„Laderampe ist leer. Die Maschine befindet sich im südöstlichen Quadranten. Ich habe keine freie Sicht. Im nordwestlichen Quadranten sind Paletten gestapelt, die mir teilweise die Sicht versperren."

„Ich habe einen direkten Blick darauf", bestätigte Fox. „Tiger ist schon in der Maschine."

„Ich höre ein Geräusch. Die Maschine läuft", fügte Ace hinzu. „Fox, wie viele Männer siehst du?"

„Drei in der Nähe der Maschine. Zwei tragen weiße Kittel, einer von ihnen injiziert etwas in Tigers Tropf. Ein dritter Typ trägt einen blauen Overall."

„Ich sehe nur den im blauen Overall", sagte Ace. „Yankee?"

Jack spähte noch einmal in den Raum. „Negativ, ich kann von meinem Standpunkt aus keinen der drei sehen." Dann nahm er im Augenwinkel eine Bewegung wahr und riss den Kopf herum. „Zwei Personen nähern sich aus dem Nordost-Quadranten. Einer im Anzug. Der andere schwarz gekleidet. Er ist bewaffnet."

Der bewaffnete Mann bewegte den Kopf in Jacks Richtung und Jack zog sich schnell hinter den dicken Plastikvorhang zurück.

„Ich habe den Anzug und den Bewaffneten in meiner Sicht", sagte Ace einen Moment später.

„Da ist noch ein bewaffneter Typ, er kommt aus einer anderen Tür", sagte Fox. „Vielleicht aus einer Toilette."

„Wo geht er hin?", fragte Jack.

„In deine Richtung, Yankee."

Jack trat zur Seite, um sich mit schussbereiter Waffe neben den

Plastikvorhang an die Wand zu pressen, als er Michelles Stimme in seinem Ohr hörte.

„Jemand steuert auf die Laderampe zu."

Jack konnte nicht antworten, um nach Einzelheiten zu fragen, denn der bewaffnete Mann öffnete gerade den Plastikvorhang zu dem Bereich, in dem Jack wartete. Er trat nicht hindurch, sondern sah zur Doppeltür.

„Kann mich jemand hören?", fragte Michelle.

Auch Ace und Fox antworteten nicht, was nur bedeuten konnte, dass auch sie in der Nähe von Smiths Schergen waren und schweigen mussten.

Jack verlagerte sein Gewicht von einem Fuß auf den anderen, um seinen Oberkörper so zu drehen, dass er auf den bewaffneten Mann zielen und ihn ausschalten konnte. Etwas unter seiner Sohle machte ein Geräusch. Es war nicht laut, aber laut genug, dass der Wächter den Kopf drehte und nach seiner Waffe griff.

„Sicherheitsverletzung!", schrie der Typ.

Jack wandte sich blitzschnell um, zielte und versuchte gleichzeitig, dem Kerl kein zu großes Ziel zu bieten. Jack schoss, aber der Typ tat es auch, und der Schuss seines Gegners hallte in dem kleinen Raum wider. Jack merkte, wie die Kugel seinen Arm streifte, spürte jedoch keine Schmerzen. Aus dem Oberarm des Wächters spritzte Blut, aber er stand noch.

Jack feuerte einen zweiten Schuss ab, bevor der Angreifer mit seinem verletzten Arm noch einmal zielen konnte. Die zweite Kugel traf den Mann direkt in die Brust. Aus dem Augenwinkel sah Jack eine Bewegung bei der Doppeltür. Zu spät wirbelte er herum. Der Mann, vor dem Michelle ihn gewarnt hatte, hatte ihn bereits erreicht und stürzte sich auf ihn, sodass er zu Boden fiel und ihm die Luft wegblieb.

Jack hörte Schreie aus dem Inneren, wo sich das MRT-Gerät befand. Er musste davon ausgehen, dass alle den Schuss der Wache gehört hatten und dass Ace und Fox ihr Bestes taten, um zu verhindern, dass noch mehr von ihnen zur Laderampe eilten.

Jack schlug auf seinen Angreifer ein und bemerkte erst jetzt, dass er während des

Sturzes seine Waffe verloren hatte. Zum Glück hatte der andere Typ auch keine Waffe, zumindest nahm Jack das an, denn sonst hätte er Jack erschossen, statt sich auf einen Nahkampf einzulassen. Der Angreifer war mindestens zwanzig Kilo schwerer als er. Trotz dieses Vorteils und Jacks Position auf dem Boden konnte Jack ihn aufhalten.

„Michelle, schalte den Strom ab!"

Es war Aces Stimme, die er durch die Kopfhörer vernahm.

„Mach ich!", kam Michelles Antwort.

In der Zwischenzeit gelang es Jack, dem Angreifer einen Schlag gegen die Kehle zu versetzen, wodurch diesem kurzfristig die Luft wegblieb. Jack nutzte die kurze Ablenkung, um ihn von sich zu stoßen und sich zur Seite zu rollen. Jack sprang auf und sah seine Waffe ein paar Meter von der Stelle entfernt, wo der bewaffnete Wachmann gestürzt war. Der Angreifer taumelte auf die Beine, den Blick auf die Waffe des Toten gerichtet, gerade als das Licht ausging.

Michelle hatte es geschafft, den Strom abzuschalten. Nur ein schmaler Lichtstreifen schien durch die teilweise geschlossenen Doppeltüren in den Raum, in dem Jack kämpfte. Jack hechtete nach seiner Waffe und hoffte, dass er die Entfernung richtig eingeschätzt hatte. Unter den Fingerspitzen seiner linken Hand spürte Jack das kalte Metall der Glock. Er streckte sich, um sie in die Hand zu bekommen.

Genau in diesem Moment hörte er ein lautes Summen wie das eines Hochofens und einen Augenblick später gingen die Lichter wieder an. Jack hatte keine Zeit, seine Pistole in die rechte Hand zu wechseln, weil der Angreifer jetzt eine Waffe auf ihn richtete. Jack drückte zweimal schnell hintereinander ab. Der schwere Gegner fiel um wie ein gefällter Baum.

„Michelle, der verdammte Strom ist wieder da!", schrie Fox.

„Sie haben Notstrom-Generatoren. Ich muss reinkommen", antwortete Michelle und atmete schwer, als würde sie bereits auf das Gebäude zulaufen.

Jack sprang auf und eilte durch den Plastikvorhang. Weitere Schüsse kamen aus dem Bereich, in dem sich das überdimensionale MRT-Gerät befand. Gleichzeitig hörte er durch seinen Ohrhörer, wie jemand vor Schmerzen aufschrie. Er wusste nicht, ob es Fox oder Ace waren, aber er wusste, dass seine Freunde in Schwierigkeiten steckten.

25

Lilly rannte neben Michelle auf das Gebäude zu.

„Jack wird wütend sein", warnte Michelle.

„Ja. Egal, darum kümmere ich mich später. Jetzt müssen wir ihm und den anderen helfen."

Sie hatte die Schüsse aus dem Inneren gehört und wusste, dass sie von ihren Feinden kamen, weil sie für Waffen mit Schalldämpfer zu laut waren.

„Ich muss die Notstrom-Generatoren finden", sagte Michelle. „Hilf mir bei der Suche an der Außenseite des Gebäudes."

„Geht nicht", sagte Lilly. „Ich muss Tiger

aus der Maschine holen, sonst bleiben Gehirnschäden."

Am Vordereingang angekommen, seufzte Michelle laut. „Sei vorsichtig. Oder Jack reißt mir den Kopf ab."

„Finde den Generator. Geh schon!", sagte Lilly und öffnete die unverschlossene Vordertür.

Drinnen sah sie sich um. Sie hatte gehört, wie die Männer über ihre Ear Pods von Quadranten und verschiedenen Himmelsrichtungen sprachen, aber Nordwesten und Südosten sagten ihr nichts. Hätten sie nicht vorne links oder hinten rechts sagen können? Nein, sie mussten Himmelsrichtungen verwenden, als würde sie sich mit einem Kompass auskennen! Sich mit einem Kompass auskennen!

Hoch aufgestapelte Paletten versperrten ihr die Sicht auf den hinteren Teil des Gebäudes. Lilly ließ ihren Blick von links nach rechts schweifen und bahnte sich einen Weg zum linken Rand der Paletten, wo ein Weg tiefer ins Innere des Gebäudes führte. An der Ecke spähte sie an den Paletten vorbei. Sie sah den oberen Teil des MRT-Geräts hinter einem

Gabelstapler und ein paar Metallregalen. Dahinter waren Stöhnen und andere Geräusche zu hören, die darauf hindeuteten, dass mehrere Männer in einen Nahkampf verwickelt waren, obwohl sie nicht viel sehen konnte. Glas- und Metallgegenstände zerschmetterten, und wieder erklang ein Schuss. Sie sah, wie Jack gegen ein Metallgestell geschleudert wurde, und ein schwarz gekleideter Mann hinter ihm her hechtete.

Verdammt! Sie müsste Jack und den anderen helfen, obwohl sie wusste, dass sie keine Chance hatte, wenn einer der Bösewichte es mit ihr aufnehmen wollte. Doch während Ace, Fox und Jack gegen ihre Gegner kämpften, war sie die Einzige, die Tiger aus der Maschine holen konnte.

Lilly rannte den schmalen Pfad zwischen den Palettenstapeln entlang, geduckt, damit niemand sie kommen sah.

„Ace, links von dir!", hörte sie Jacks Stimme in ihrem Ohrhörer.

Jacks Stimme zu hören bedeutete, dass er die Oberhand über seinen Gegner gewonnen hatte. Aber sie hatte keine Zeit, nach ihm, Ace oder Fox Ausschau zu halten, um zu sehen, ob es ihnen gut ging. Sie lief direkt zum MRT-Gerät. Sie konnte es jetzt deutlich sehen. Davor lag ein Mann in einem weißen Kittel regungslos auf dem Boden. Er blutete stark aus einer Brustwunde.

Auf der Bahre lag ein schwarzer Mann. Sie konnte sein Gesicht nicht sehen, da sich sein Oberkörper in der Maschine befand. Er war in ein grünes Krankenhaushemd gekleidet und barfuß. Handgelenke, Füße und Taille waren mit Lederriemen an die Bahre gefesselt. Lilly musste davon ausgehen, dass sein Kopf und seine Schultern gleichermaßen angebunden waren. Auf seinem linken Handrücken befand sich ein intravenöser Zugang, der mit einem Tropf verbunden war, der an einem Infusionsständer hing.

Neben dem MRT-Gerät befanden sich eine Konsole, ein Serverturm und zwei Computermonitore, die aussahen, als würden sie Gehirnströme aufzeichnen, sowie ein weiteres Schaltpult mit Knöpfen. Bestimmt war dies die elektronische Ausrüstung, die die

Maschine steuerte. Sie warf einen Blick nach links und sah, dass Fox mit einem Mann in einem blauen Overall kämpfte und den er gegen eine Tür donnerte. Hinter Fox stürmte ein anderer Kerl auf ihn zu.

„Fox, hinter dir!", schrie sie in ihr Mikrofon.

Sie sah, wie Fox auf dem Absatz herumwirbelte, aber der Typ stürzte sich bereits auf ihn.

„Lilly?", sagte Jack durch den Hörer und klang außer Atem. „Verschwinde von hier!"

„Ich muss Tiger aus der Maschine holen", sagte sie und wandte sich wieder der Steuerkonsole zu. Sie legte ihre Waffe auf den Tisch, während sie verzweifelt nach einem Ausschalter suchte, aber keinen fand. Es gab mehrere Schalter mit Symbolen darauf.

Verdammt! Sie wollte nicht raten und holte tief Luft. Vier Knöpfe hatten Pfeile. Sie drückte auf einen davon und betrachtete die Bahre. Diese bewegte sich noch tiefer in die Maschine hinein.

„Mist!"

Sie drückte auf den Knopf mit dem Pfeil, der in die entgegengesetzte Richtung zeigte.

Die Trage bewegte sich wieder aus dem Gerät heraus. Lilly atmete erleichtert auf, als sie Tigers Brust und dann seinen Kopf sah, während das MRT-Gerät immer noch dröhnte und seine kreisförmige Bewegung fortsetzte. Tigers Kopf war in einer Art Klammer befestigt. Es sah fast wie ein Helm aus, obwohl es aus Plastik war. Sie eilte an seine Seite.

„Tiger, ich bin hier, um dich rauszuholen", sagte sie schnell und untersuchte den Schließmechanismus.

Ein Blick in sein Gesicht verriet ihr, dass er nur halb bei Bewusstsein war.

„Bleib bei mir, Tiger", sagte sie leise. „Du musst wach bleiben."

Sie versuchte, den Helm zu drehen, damit sie herausfinden konnte, wie er befestigt war, und musste feststellen, dass der Helm Teil der Trage war. Sie konnte keine Verschlüsse oder irgendetwas anderes sehen, um herauszufinden, wie man ihn öffnete, damit sie Tiger davon befreien konnte.

Verdammt!

Wenn sie ihm zuerst alle anderen Fesseln abnehmen könnte, würde sie ihn vielleicht genug bewegen können, um einen Öffnungsmechanismus zu finden. Schnell löste sie die Lederfesseln an seinen Füßen, seiner Hüfte und den Handgelenken.

„Tiger, beweg deine Hände und Füße, wenn du mich hören kannst", sagte sie.

Hinter ihr hörte sie, wie ein Stapel Paletten zusammenkrachte und Männer vor Schmerzen aufschrien, aber sie hatte keine Zeit, nachzusehen, was vor sich ging. Sie musste Tiger von der Trage befreien. Doch ihr wurde klar, dass er ihr in keiner Weise behilflich sein konnte. Seine Hände und Füße bewegten sich nicht. Er war gelähmt, höchstwahrscheinlich von den Medikamenten, die sie ihm gegeben hatten. Sie sah auf das Tablett neben der Konsole. Darauf lagen ein Fläschchen und eine Nadel. Midazolam, genau wie sie vermutet hatte. Sie zog den Tropf aus Tigers Hand, ließ den Zugang aber stecken. Höchstwahrscheinlich enthielt der Tropf nur eine Kochsalzlösung, aber vielleicht auch noch mehr Beruhigungsmittel, damit Tiger ruhig blieb.

„Hör auf meine Stimme. Tiger, bleib bei mir", sagte sie.

Lilly hatte Schwierigkeiten, den Lederriemen zu lösen, der fest um Tigers Brust und Bizeps geschlungen war. Sie zerrte daran und musste all ihre Kraft aufwenden, um ihn davon zu befreien. Ihr Herz schlug wie wild, nicht nur wegen der körperlichen, sondern auch der seelischen Belastung. Sie warf einen schnellen Blick dorthin, wo die Stargate-Agenten kämpften.

Sie sah, wie Ace hinter einem Mann in einem weißen Kittel herlief, als dieser versuchte, durch den Hinterausgang zu fliehen. Fox kämpfte immer noch mit einem der anderen Männer und versuchte, ihm die Waffe zu entreißen. Sie hatte keine klare Sicht auf Jack und den Mann, mit dem er kämpfte. Ihr Zusammenstoß hatte sich hinter die Paletten verlagert.

Lilly wandte sich wieder der Konsole zu und suchte nach irgendetwas, das darauf hindeutete, wie sie Tigers Kopf aus dem engen Helm befreien konnte. Vielleicht einer der Schalter mit einem der Symbole? Sie spürte, wie sich Schweiß in ihrem Nacken und auf ihrer Stirn sammelte, zwang sich aber, ruhig zu bleiben. Sie musste einen kühlen Kopf bewahren, wenn sie Tiger helfen wollte.

Eine Bewegung zu ihrer Rechten ließ sie ihren Kopf dorthin drehen. Zu spät. Ein Mann mittleren Alters im Anzug richtete seine Waffe auf sie. Sie erstarrte.

„Gehen Sie von der Konsole weg", befahl er und scheuchte sie mit seiner Waffe.

Lillys Waffe lag auf der Konsole, wo sie sie zuvor hingelegt hatte, um die Hände frei zu haben. Der Mann hatte sie auch bemerkt.

„Ich sagte, gehen Sie von der Konsole weg, Miss Davis. Und ich will kein Wort aus Ihrem Mund hören, oder es wird Ihr letztes sein."

Da erkannte sie die Stimme. Er war derselbe Mann, der sich als Henry Sheppard ausgegeben hatte. Das musste Smith sein. Sie trat einen Schritt zurück und weg von der Konsole. Warum hatte er sie noch nicht erschossen? Sie warf einen Blick auf den Bereich, wo Fox mit dem Mann im blauen Overall kämpfte. Er sah nicht in ihre Richtung. Als sie sich wieder umdrehte und ihr Blick auf

Smiths Waffe fiel, stellte sie fest, dass diese keinen Schalldämpfer hatte.

Da verstand sie es. Er wollte sie nicht erschießen, weil es Fox und Jack alarmieren würde. Sie blieb stehen und hoffte, dass einer der Stargate-Agenten bald bemerken würde, dass sie in Schwierigkeiten steckte.

Smith trat näher auf den Serverturm zu, seine Waffe immer noch auf sie gerichtet. Er war nur einen Meter von ihr entfernt, als er sich zum Server beugte und dort einen Knopf drückte. Ein Fach öffnete sich, er griff hinein und zog etwas heraus, das wie eine Festplatte aussah. Er steckte es in seine Jackentasche. Deshalb war er noch nicht geflüchtet. Er brauchte die Daten, die die Maschine gesammelt hatte.

Smith beugte sich wieder zur Konsole und drückte auf einen Knopf. Mit Entsetzen beobachtete Lilly, wie die Bahre in das MRT-Gerät zurückfuhr, Tiger immer noch durch den Helm daran gefesselt. Und selbst ohne Helm könnte er nicht entkommen, da das Medikament seinen Körper immer noch lähmte.

„Lilly!", schrie Jack von irgendwo hinter ihr. Seine Stimme hallte gleichzeitig in ihrem Ohrhörer wider. Jack hatte gesehen, in welcher Situation sie sich befand. Er würde sie und Tiger retten.

Ihre Erleichterung war nur von kurzer Dauer. Smith packte sie und ihr Ohrhörer fiel dabei zu Boden. Er zerrte sie vor sich, legte einen Arm um ihren Oberkörper und hielt ihre Arme fest, während er mit der anderen Hand seine Waffe unter ihr Kinn hielt und die Mündung gegen das weiche Fleisch unter ihrem Kiefer drückte.

Sie war jetzt seine Geisel und ein menschliches Schutzschild.

26

Sein schlimmster Alptraum spielte sich direkt vor seinen Augen ab. Jack hatte seinen Gegner ins Jenseits befördert und war zum MRT-Gerät geeilt, um Tiger zu befreien. Er hatte Lilly gerufen, bevor er den bewaffneten Mann hinter ihr gesehen hatte.

Die Art und Weise, wie der Mann im Anzug die Waffe Lilly an den Kopf hielt, bedeutete, dass selbst ein erfahrener Schütze wie Jack Lillys Entführer nicht erledigen konnte, bevor dieser Lilly töten konnte.

„Waffe auf den Boden", befahl der Mann.

Jack zögerte, aber er hatte keine Wahl. Er

bückte sich und legte die Glock auf den Boden, bevor er sich wieder aufrichtete.

„Jetzt schieb sie in meine Richtung.“

Jack tat wie ihm geheißen und ließ den Mann und Lilly dabei nicht aus den Augen. Lillys Gesicht war eine Maske der Angst und er wünschte, er könnte ihr sagen, dass alles gut werden würde.

„Lass sie los“, verlangte Jack.

Der Mann kicherte. „Wird nicht passieren. Sie ist meine Fahrkarte hier raus.“

„Was willst du?“

Der Mann ignorierte die Frage und sah stattdessen an Jack vorbei. Schritte näherten sich.

„Fox“, sagte der Mann, „lass die Waffe fallen und schiebe sie nach links oder ich schieße Lilly den Kopf weg.“

„Das wirst du nicht tun“, sagte Fox. „Du brauchst Lilly lebendig, um hier rauszukommen. Es ist schwer, eine Leiche als Schutzschild zu benutzen.“

„Fox!“, warnte Jack. „Tu, was er sagt. Er hält ihr die Waffe direkt unters Kinn.“

Der letzte Satz war nicht für Fox, sondern

für Ace und Michelle gedacht. Sie würden ihn über ihre Kopfhörer hören. Von beiden kam jedoch keine Antwort. Hatte Ace seinen Gegner nicht besiegt? War er verletzt oder schlimmer noch, tot?

„Hör auf deinen Freund, Fox", sagte Lillys Entführer und begann langsam rückwärts zu gehen, wobei er Lilly mit sich zerrte und sie als Schutzschild benutzte, damit Fox keine freie Schussbahn bekommen konnte. „Ich verliere langsam die Geduld. Und wenn ich ungeduldig bin, tue ich irrationale Dinge." Er schob die Mündung seiner Waffe nach oben und trieb sie tiefer in den weichen Bereich unter Lillys Kinn.

Lilly schrie vor Schmerz auf. Jack sah, wie sich ihre Augen mit Tränen füllten. Hoffnungslosigkeit machte sich darin breit.

„Gut", kapitulierte Fox schließlich.

Jack hörte, wie er die Waffe auf den Boden legte und dann wegschubste.

„Na, war das so schwer?", fragte Lillys Entführer sarkastisch. „Tja, wenn es euch nichts ausmacht, verschwinde ich jetzt. Ich habe noch viel zu tun ..."

Er umklammerte Lilly und ging seitwärts zum Vorderausgang.

Durch den Ohrhörer hörte Jack plötzlich Michelle flüstern: „Licht aus bei drei."

Jack warf einen Blick auf die Stelle, wo seine Waffe gelandet war, während er in Gedanken zählte.

Eins.

Zwei.

Im gesamten Gebäude gingen die Lichter aus und das MRT-Gerät schaltete sich endlich ab.

In der Dunkelheit hechtete Jack zu seiner Waffe. Währenddessen hörte er Schritte, Fluchen und Ächzen, dann einen Schmerzensschrei von Lilly. Lillys Entführer versuchte, mit seiner Geisel zu verschwinden. Jack suchte auf dem Boden nach seiner Waffe, aber er brauchte mehrere Sekunden, um sie zu finden. Schließlich bekam er den Griff zu fassen und eilte zur gegenüberliegenden Wand. Er hörte, wie jemand gegen einen Palettenstapel prallte und das Geräusch deutete darauf hin, dass ein Stapel umgefallen war.

„Ich habe meine Waffe", flüsterte Jack ins Mikrofon.

„Ich auch", antwortete Fox auf die gleiche Weise.

„Fox, halte mir den Rücken frei", bat Jack.

„In Ordnung", antwortete Fox.

„Michelle, Licht an auf drei", befahl Jack.

Wieder zählte Jack in seinem Kopf.

Das Licht ging an, und gleichzeitig begann das MRT-Gerät wieder zu summen.

Jack starrte in die Richtung, die Lillys Entführer genommen hatte, und sah den zusammengebrochenen Palettenstapel. Daneben lag Lilly und stöhnte. Jack rannte zu ihr.

„Lilly, geht es dir gut? Oh mein Gott, bist du verletzt?"

Er erreichte sie und ging in die Hocke, während er ihren Körper mit den Augen absuchte.

„Nein, er hat mich gegen die Paletten geschleudert, als das Licht ausging", sagte Lilly und zuckte zusammen, als er ihr aufhalf. Sie atmete schwer.

„Bist du sicher, dass es dir gut geht?"

„Mir geht's gut." Sie zeigte auf den Vorderausgang. „Ich habe seine Stimme erkannt. Er ist derjenige, der vorgab, Henry Sheppard zu sein."

„Dann ist er Smith", vermutete Jack.

Fox rannte bereits an ihnen vorbei. „Lass uns Smith schnappen."

„Ich brauche deine Hilfe, um Tiger aus der Maschine zu holen", sagte Lilly und rannte auf die Maschine zu. „Sein Kopf steckt in einem Helm, der an der Bahre befestigt ist."

„Scheiße!", fluchte Jack und folgte Lilly.

Über sein Mikrofon sagte er: „Ace, wo bist du? Michelle, hast du Ace irgendwo gesehen? Smith entkam durch die Vordertür."

Nach ein paar Sekunden antwortete Michelle schließlich: „Ace geht es gut. Er war bewusstlos, aber er ist okay."

„Ich bin okay", sagte Ace mit einem Stöhnen.

„Fox, nimm den Vordereingang und folge Smith. Ich muss Lilly helfen, Tiger aus dem Gerät zu holen." Jack erreichte die Maschine.

„Ich kann den Strom wieder abschalten", sagte Michelle.

„Ja, schalte den Strom ab", sagte Jack.

„Nein!", schrie Lilly auf. „Ich brauche den Strom, um die Trage herauszuholen. Oder Tiger steckt drinnen fest."

„Hast du das gehört, Michelle? Lass den Strom an."

„In Ordnung."

Jack sah zu, wie Lilly einen Knopf drückte. Langsam fuhr die Bahre aus der Maschine, bis Tigers ganzer Körper draußen war. Jack sah sofort, warum Lilly seine Hilfe brauchte. Der Helm um Tigers Kopf war mit der Bahre verschmolzen, und die Bahre wiederum war fest mit der Maschine verbunden. Es gab keine Möglichkeit, die Bahre ganz herauszufahren und Tiger damit aus der Maschine zu heben. Dann hätten sie sich später Gedanken machen können, wie sie ihn aus dem Helm herausbekommen würden. Es musste jetzt getan werden.

„Kannst du ihm den Helm abnehmen?", fragte Lilly verzweifelt, während sie den Vorrat an Spritzen und Fläschchen auf dem Regal neben der Maschine durchwühlte.

„Ich kümmere mich darum", sagte Jack

und warf dann einen Blick auf Lilly, die eine Spritze mit einer klaren Flüssigkeit aus einem Medizinfläschchen füllte. „Was machst du?"

„Tiger wurde mit Midazolam betäubt. Ich gebe ihm Flumazenil, um das Midazolam zu neutralisieren."

Jack sah sich den Helm genauer an und wie dieser sich um Tigers Kopf schloss. Zuerst sah es so aus, als wäre das weiße Plastik ein einziges festes Stück, aber dann spürte er unter seinen Fingerspitzen eine feine Rille. Er drückte dagegen, und plötzlich teilte sich der Helm vorne, und die Hälften öffneten sich wie eine Muschel.

„Ich hab's."

Er sah, wie Lilly die Spritze in Tigers Zugang auf dem Handrücken injizierte und dann beiseitelegte. Sie beugte sich über seinen Kopf. Seine Augen waren offen.

„Du bist okay, Tiger. Ich habe dir ein Gegenmittel gegeben. Ich weiß, dass du dich noch nicht bewegen kannst, aber die Lähmung ist nur vorübergehend. Ich verspreche dir, das wird wieder."

Es sah so aus, als versuchte Tiger zu

blinzeln, aber die Bewegung seiner Augenlider war kaum sichtbar.

„Tiger, ich bin Yankee. Du bist jetzt in Sicherheit."

Als er schnell näherkommende Schritte hörte, blickte Jack über seine Schulter. Er sah Fox, Ace und Michelle auf sich zukommen.

„Habt ihr Smith erwischt?", fragte Jack.

Ace und Fox schüttelten den Kopf.

„Er ist abgehauen, bevor wir ihn schnappen konnten", sagte Fox.

„Tut mir leid, ich war keine große Hilfe. Dieser Idiot, mit dem ich gekämpft habe, hatte einen fiesen rechten Haken", sagte Ace und rieb sich das Kinn. Dann zeigte er auf die Trage. „Wie geht es Tiger? Wird er es schaffen?"

„Ja", sagte Lilly. „Es wird ihm gut gehen. Aber ihr müsst ihn hinaustragen. Es wird ein paar Stunden dauern, bis die Lähmung nachlässt."

Ace nickte. „Okay, dann lasst uns zuerst diese Bude hochjagen. Fox, kannst du den Sprengstoff platzieren, während Yankee und ich alle Leichen reinbringen?"

Fox nickte.

„Ist noch jemand entkommen?", fragte Jack.

Ace schüttelte den Kopf. „Nur Smith."

„Um ihn kümmern wir uns später", sagte Jack. „Lass uns aufräumen, damit wir von hier verschwinden können."

27

Nachdem sie alle Waffen aus dem Gebäude in Manassas entfernt und es mit Sprengstoff vollgestopft hatten, machten sich Michelle, Lilly, Jack und seine Stargate-Kollegen auf den Weg zurück zu Villa von Ace. Michelle nahm die Explosion über den Satelliten auf und lud das Video auf ihr Tablet herunter, bevor sie alles löschte, was der Satellit während der Umleitung erfasst hatte. Dann positionierte sie ihn an seinen ursprünglichen Standort zurück. Sowohl Fox als auch Michelle versicherten, dass niemand irgendwelche Aufnahmen von dem finden würde, was in Smiths geheimer Einrichtung passiert war.

Es dauerte mehrere Stunden, bis Tiger fit genug war, um aufzustehen und ihnen zu erzählen, was ihm widerfahren war. Noch wichtiger war, warum Smith ihn gefangen genommen und versucht hatte, sein Gehirn zu scannen.

Phoebe hatte das große Wohnzimmer in der Villa hergerichtet und Essen und Getränke für das Team bereitgestellt, damit sie sich von ihrer Mission erholen konnten. Währenddessen untersuchte Lilly alle auf Verletzungen und leistete Erste Hilfe.

Zum Glück waren alle mit Prellungen davongekommen. Die Kugel, die Jacks Arm gestreift hatte, hinterließ keinen wirklichen Schaden, abgesehen davon, dass sie eine Hautschicht abgerissen hatte. Aces Gesicht war geschwollen von den Schlägen, die sein Gegner ihm verpasst hatte, und Lilly hatte Phoebe versichert, dass ihr Verlobter keine Anzeichen einer Gehirnerschütterung zeigte. Endlich konnte Lilly erleichtert aufatmen. Es war ein Wunder, dass sie alle ohne ernsthafte

Verletzungen davongekommen waren. Obwohl sie sich immer noch Sorgen um Tigers Zustand machte und sich wünschte, sie könnte ihn in einem Krankenhaus gründlich untersuchen lassen, wusste Lilly, dass dies keine Option war.

Lilly legte den beeindruckenden Erste-Hilfe-Kasten, den Phoebe ihr gegeben hatte, beiseite. Wie es aussah, war dieser ein oft verwendeter Artikel. Sie plante, den Kasten zu erweitern, sobald sie andere medizinische Hilfsmittel und Medikamente wie Antibiotika und Gegenmittel für gängige Drogen in die Hände bekommen konnte. Nach der Erfahrung am heutigen Tag hatte sie das Gefühl, dass dies nicht das letzte Mal sein würde, dass sie das, was sie während ihrer Zeit in der Notaufnahme gelernt hatte, anwenden musste.

Lilly setzte sich neben Jack auf die Couch. Alle warteten geduldig aber gespannt darauf, zu hören, was Tiger, dessen richtiger Name Jay Garner war, während seiner Gefangenschaft erfahren hatte.

Er trug jetzt Klamotten, die Ace ihm gegeben hatte, ein Paar Khakis und ein T-

Shirt. Er sah besser aus. Seine hellgrauen Augen wirkten jetzt klar, ein Hinweis darauf, dass die Drogen in seinem Körper größtenteils eliminiert worden waren. Sein Kopf war kahl geschoren und Elektroden hatten Abdrücke darauf hinterlassen. Sie würden bald verschwinden. Aller Wahrscheinlichkeit nach würde sich Tiger körperlich vollständig erholen. Wenn es um seinen mentalen und emotionalen Zustand ging, konnten sie allerdings nur abwarten.

„Danke", sagte Tiger jetzt, „wenn ihr nicht gekommen wärt, um mich da rauszuholen, wäre mein Gehirn jetzt Brei." Er sah sie alle der Reihe nach an. „Ich weiß, was ihr dafür riskiert habt."

„Teil des Jobs", sagte Jack. „Erzähl uns, was passiert ist. Wie haben sie dich erwischt?"

Tiger zuckte mit einer Schulter. „Wie mein Vater schon immer sagte: Keine gute Tat bleibt ungestraft. Ich hatte eine Vision von einem Hausbrand, bei dem eine alte Frau mit ihren beiden Enkelkindern verbrannte. Ich kam dort an, als das Feuer bereits den Fluchtweg abgeschnitten hatte. Ich schlug hinten ein

Fenster ein und brachte die Frau und die Kinder in Sicherheit. Aber ich bin nicht schnell genug verschwunden und ein eifriger Zuschauer hat das Feuer gefilmt, anstatt zu helfen, und es dann auf seinen Social-Media-Kanal gepostet."

„Smith muss dich erkannt haben", sagte Jack.

„Das habe ich mir auch gedacht, aber wie?", fragte Tiger. „Woher hatte er ein Foto von mir?"

„Das kann ich erklären", sagte Fox. „Als ich nach Langley ging, um mich in Sheppards alte Dateien zu hacken, um seine Stammdatei über alle seine Stargate-Agenten zu finden, bemerkte ich, dass jemand sie gelöscht hatte. Ich nehme an, dass die Person, die das getan hat, Smith war, aber nicht bevor er eine Kopie für sich selbst gemacht hat."

„Also weiß er über uns alle Bescheid?"

„Ich fürchte ja", sagte Fox, „aber wir auch. Ich habe die gleiche Liste."

„Wie? Du hast gerade gesagt, dass Smith sie gelöscht hat", fragte Tiger verwirrt.

„Das hat er, aber es gab ein Back-up, auf

das ich zugreifen konnte. So wussten wir, dass du einer von uns bist." Er wies mit dem Kinn auf Jack. „Als Yankee eine Vorahnung von dir in diesem MRT-Gerät hatte, wussten wir, dass wir dich rausholen müssen."

Tiger nickte verstehend. Dann bemerkte Lilly, dass Tiger plötzlich zu zittern schien.

„Bist du in Ordnung? Musst du dich hinlegen?", fragte Lilly.

„Mir geht's gut. Nur etwas erschüttert." Er schluckte und fuhr dann fort: „Die Maschine, in die sie mich gesteckt haben ... sie ... ich weiß nicht, wie ich es beschreiben soll, aber es war das Schlimmste, was ich je in meinem ganzen Leben gefühlt habe. Schlimmer als sich einen Weisheitszahn ohne Betäubung ziehen zu lassen. Mein Kopf ... es war, als wollten sie versuchen, mein Gehirn aus dem Schädel zu saugen."

Jetzt beugte sich Ace vor. „Weißt du, was sie damit bewirken wollen?"

Tiger nickte. „Ich war die meiste Zeit bei Bewusstsein, bevor sie mich in die Maschine steckten. Aber ich konnte keinen Muskel bewegen."

„Das Midazolam hat dich gelähmt", erklärte Lilly.

„Ja, aber ich konnte zuhören. Ich nehme an, es war ihnen zu dem Zeitpunkt egal, wie viel ich herausfand. Ich vermute, dass ich den Gehirnscan nicht überlebt hätte ..." Er sah die Versammelten an. Alle blickten bedrückt drein. „Ja, das dachte ich mir. Jedenfalls sagten sie, dass sie auf den Teil meines Gehirns zugreifen, der für die Vorahnungen verantwortlich ist, die wir Präkognitiven haben."

„Um was zu tun?", fragte Jack.

„Nach allem, was ich mitbekam, versuchen sie mithilfe unserer Gehirnwellen einen riesigen Quantencomputer zu bauen."

Fox und Michelle schnappten nach Luft.

„Was ist ein Quantencomputer?", fragte Lilly die beiden Computerfreaks.

Fox und Michelle tauschten einen Blick aus. Dann sah Fox Lilly an. „Ich bin mir nicht sicher, wie ich es erklären soll, aber im Grunde ist ein Quantencomputer viel fortschrittlicher als jeder andere Computer. Er kann Daten mit einer Geschwindigkeit und

Effizienz verarbeiten, die einen normalen Computer wie einen Abakus aussehen lassen."

Michelle nickte. „Forscher spekulieren, dass ein Quantencomputer in der Lage sein könnte, Ereignisse vorherzusagen, die noch nicht eingetreten sind ..."

„... und wenn Smith die Gehirne von Stargate-Agenten scannt", fuhr Fox fort, „um mit deren Daten einen Quantencomputer zu füttern, dann ist es wahrscheinlich, dass dieser Computer in der Lage sein wird, hundertprozentig genaue Vorhersagen treffen kann."

„Um den Computer jedoch so präzise wie möglich zu machen", sagte Michelle und setzte Fox' Denkprozess fort, „benötigen sie eine größere Datenmenge."

Jeder wusste, was das bedeutete.

„Sie müssen so viele Gehirne von Präkognitiven scannen wie möglich", vermutete Lilly.

Fox nickte. „Und wer die Kontrolle über diesen Quantencomputer bekommt, wird eine beispiellose Macht haben."

„Niemand darf so viel Macht ausüben", sagte Jack.

„Wir müssen sie daran hindern, diesen Computer zu bauen", fügte Ace hinzu.

„Wenigstens habt ihr diese Einrichtung in die Luft gesprengt. Ihr habt die Maschine zerstört", sagte Tiger. „Das wird Smith ausbremsen. Und er hat alle Daten verloren, die er bisher gesammelt hat."

Lilly schüttelte den Kopf. „Smith schnappte sich eine Festplatte, kurz bevor er mich als menschlichen Schutzschild benutzte. Ich sah, wie er sie in seine Tasche steckte. Er hat noch alle Daten."

Ace nickte. „Sie können die Maschine wieder aufbauen, wenn sie nicht schon eine andere in Reserve haben. Smith wird nicht aufhören, bis er hat, was er will."

„Wir müssen Smith aufhalten", sagte Jack. „Schneide der Schlange den Kopf ab." Er sah Michelle an. „Irgendwas auf den Satellitenbildern, wohin Smith geflohen ist?"

„Ich fürchte nein. Er fuhr in einem roten Auto davon, war aber nach ein paar Meilen außerhalb der Reichweite des Satelliten. Fox und ich durchkämmen bereits die Verkehrskameras in der Gegend. Bisher nichts. Wahrscheinlich hat er das Auto so schnell wie möglich irgendwo abgestellt und ist geflohen.“

„Wenn er einen Bahnhof oder eine U-Bahn-Station erreicht, könnte er inzwischen überall sein“, ergänzte Fox.

„Wenigstens wissen wir jetzt, wie er aussieht“, sagte Jack.

Lilly bemerkte, wie Tiger eine Hand an seine Schläfe drückte. Besorgt sprach sie ihn an: „Tiger, tut dir der Kopf weh? Hast du Schmerzen? Dafür kann ich dir etwas geben.“

Er zwang sich zu einem Lächeln. „Ich will keine Medikamente. Sie würden nur meine Sinne trüben. Ich habe irgendetwas vergessen. Etwas Wichtiges.“

„Über Smith?“, fragte Jack eifrig.

„Ja, etwas, das er am Telefon gesagt hat. Er hat mit jemandem gesprochen.“ Tiger schloss die Augen.

„Atme tief durch“, sagte Lilly und versuchte, ihn zu beruhigen. „Ein und aus, einfach atmen.“

Alle im Wohnzimmer verstummten.

„Atme", fuhr Lilly fort. „Erzwinge nichts. Es wird dir schon einfallen."

Tiger atmete noch ein paar Mal durch, dann öffnete er endlich wieder die Augen. „Ich erinnere mich jetzt. Smith sprach mit jemandem am Telefon. Er nannte ihn Mr. Jones und versicherte ihm, dass das Projekt auf Kurs sei. So wie er mit ihm gesprochen hat, glaube ich, dass Jones sein Chef ist. Smith ist nicht das Superhirn, das hinter dieser Operation steckt."

„Das ändert die Sachlage", sagte Jack. „Wir können Smith nicht töten, wenn wir ihn finden. Zumindest nicht sofort. Wir brauchen ihn, damit er uns zu Jones führt."

Lilly sah die vier Stargate-Agenten an. Sie wirkten jetzt entschlossen. Irgendwie würden sie Smith und Jones finden und deren abscheulichen Plan vereiteln.

„Morgen entwickeln wir einen Plan", sagte Ace. „Ruht euch heute Nacht aus, ihr alle. Wir haben viel Arbeit vor uns."

28

Mit einem Glas Whiskey in der Hand ging Smith nervös im Wohnzimmer seines Hauses, das einen herrlichen Blick über den Potomac hatte, auf und ab. Jenseits des Flusses funkelten die Lichter der Stadt, aber er war nicht in der Stimmung, deren Schönheit zu bewundern. Er hatte Probleme, die er angehen musste. Er wusste, dass er den Anruf, nicht länger hinauszögern konnte, oder Jones würde aus anderen Quellen erfahren, dass die Einrichtung in Manassas nicht mehr existierte.

Als die Stargate-Agenten das Gebäude und

dessen gesamten Inhalt in die Luft gesprengt hatten, war Smith auf dem direkten Weg, sich in Sicherheit zu bringen. Er hatte die Explosion von einem mehrere Meilen entfernten Aussichtspunkt gesehen. Es bestand kein Zweifel, dass nichts in dem Gebäude noch zu retten war.

Zwei der Agenten, Ace und Fox, hatte er von ihren Fotos in Henry Sheppards alter Akte wiedererkannt. Aber er hatte keine Ahnung, wer der dritte Mann war, der ihnen geholfen hatte. Er hatte auch Michelle Andrews wiedererkannt, die Hackerin, die einst für ihn gearbeitet hatte, aber ins andere Lager gewechselt war, ohne ihm Fox zu liefern. Er hatte schon vermutet, dass sie sich mit Fox zusammengetan hatte und dass sich ihre Wege nochmals kreuzen würden.

Die größte Überraschung war Lilly Davis gewesen. Es ärgerte ihn unendlich, dass sie noch am Leben war. Sie hatte ihm genug Ärger bereitet, als sie überall herumgeschnüffelt hatte, um etwas über Rivers Tod in Erfahrung zu bringen. Die Nachricht, dass Deja Lashae getötet worden war, bevor sie Lilly Davis zu ihrem Schöpfer schicken konnte, brachte ihn zusätzlich in Rage. Konnte denn niemand seinen Job erledigen? Musste er alles selbst machen? Drei Attentäter waren tot, einer war bei der Verfolgung von Ace getötet worden, der andere, als er versuchte, Michelle Andrews zum Schweigen zu bringen, und die dritte Attentäterin, als sie versuchte, Lilly Davis aus dem Weg zu räumen. Ganz zu schweigen von den sieben Männern – vier Wissenschaftlern und drei Sicherheitskräften –, die in Manassas gestorben waren, obwohl diese ersetzbar waren.

Smith leerte das Glas und stellte es ab. Er zog sein Handy aus der Tasche und klickte auf den einzigen Kontakt, der auf dem Wegwerfhandy gespeichert war. Es klingelte zweimal.

„Was gibt es?"

„Mr. Jones, es gab einen … Zwischenfall."

Es entstand eine kurze Pause, in der Smith nur Jones' Atem hörte. In welcher Stimmung war er heute Abend? Es war wahrscheinlich egal, denn sobald Smith gestand, was geschehen war, würde er ganz sicher schlechte Laune haben.

„Was ist passiert?", stieß Jones aus.

Smith stellte sich vor, wie Jones die Kiefer zusammenpresste, während er versuchte, einen angenehmen Gesichtsausdruck zu bewahren, damit niemand erkennen konnte, dass er verärgert war.

„Wir haben den Agenten verloren. Tiger."

„Was zum Teufel? Habe ich Ihnen nicht gesagt, es dieses Mal langsamer anzugehen? Lernen Sie denn gar nichts aus Ihren Fehlern? River hätte länger durchhalten und uns mehr geben können, wenn Sie nicht in Eile gewesen wären."

„Wir hatten nicht einmal die Chance, Tigers Gehirn anzuzapfen. Es gab einen Hinterhalt", sagte Smith und bereitete sich auf einen weiteren Ausbruch des Mannes vor, dem er diente.

„Wer?"

„Mindestens zwei weitere Stargate-Agenten, möglicherweise ein dritter, aber er stand nicht auf Sheppards Liste. Und zwei Zivilisten." Er beschloss, nicht zu erwähnen, dass die Zivilisten Frauen waren. Es würde ihn in Jones' Augen noch inkompetenter aussehen lassen.

„Und Ihre Leute konnten damit nicht umgehen? Wenn ich richtig zähle, waren das sieben Leute und Sie selbst gegen fünf!"

„Sie wussten genau, wo sie angreifen mussten."

„Wie viele unserer Leute haben wir verloren?"

„Alle."

„Verdammt! Und die Stargate-Agenten? Sagen Sie mir, dass Sie mindestens einen von ihnen erwischt haben."

Smith schluckte schwer. „Nein. Es gab keine Gelegenheit dazu. Ich musste –"

„Mit dem Schwanz zwischen den Beinen weglaufen?", fragte Jones sarkastisch.

„Ich habe die Datensicherung mitgenommen. Wir haben alle Daten, die wir bereits von den anderen Präkognitiven gesammelt haben. Ich bin gerade noch rausgekommen, bevor das Gebäude explodierte."

Das schien Jones ein wenig zu beschwichtigen, denn seine Stimme klang ruhiger, als er sagte: „Das wird die Dinge verzögern."

„Ich weiß, Sir, aber wir können in einem Monat an einem neuen Standort in Betrieb gehen."

Es entstand ein kurzes Schweigen.

„Machen Sie das."

„Danke, Sir."

„Und, Smith ..."

Smith hielt den Atem an.

„Enttäuschen Sie mich nicht noch einmal. Oder ich muss Sie ersetzen."

Ein Klicken in der Leitung signalisierte, dass Jones aufgelegt hatte. Smith wischte sich den Schweiß von der Stirn. Er schenkte sich noch ein Glas Whisky ein. Das nächste Mal würde er seine Drecksarbeit selbst erledigen. Keine Auftragsmörder mehr. Diese hatten dreimal versagt. Und er konnte sich keinen weiteren Fehler leisten, denn Jones' Drohung, ihn zu ersetzen war keine leere Drohung, und sie bedeutete nicht, dass er sich einen neuen Job suchen musste.

Sie bedeutete eine Kugel in den Kopf. So ging Jones mit denjenigen um, die zu einer Belastung wurden.

29

Jack betrat das Gästezimmer, das auf nicht absehbare Zeit sein und Lillys Zuhause sein würde, und schloss die Tür hinter sich. Er entledigte sich seiner Stiefel, zog sein Hemd über den Kopf und warf es auf den Stuhl in der Nähe. Er setzte sich aufs Bett und zog seine Socken aus, dann fuhr er mit seiner Khakihose fort. Er bemerkte die blauen Flecken an seinem Körper, aber das würde schnell heilen. Was etwas länger dauern würde, war der emotionale Tribut, den die Ereignisse in der Einrichtung gefordert hatten. Lilly in den

Fängen von Smith zu sehen, war mehr, als er ertragen konnte.

Lilly erschien im Bademantel in der Badezimmertür. Als sie seinem Blick begegnete, breitete sich ein verlegener Ausdruck auf ihrem Gesicht aus.

„Hey", sagte sie, ihre Stimme nur ein Flüstern.

Jack stand auf und ging zu ihr, nun nur in Boxershorts. „Du und ich müssen reden."

Er bemerkte, wie sie schwer schluckte.

„Ich weiß."

Sie hob ihre Hände, um sie auf seine nackte Brust zu legen. Aber so sehr er ihre Berührung spüren wollte, mussten sie erst dieses Gespräch führen. Er schnappte ihre Handgelenke und hielt sie fest.

„Hast du eine Ahnung, was du heute Abend gemacht hast?"

Lilly hatte genug gesunden Menschenverstand, beschämt dreinzusehen. „Es tut mir leid, aber wenn ich nicht gekommen wäre, hätte Tiger es vielleicht nicht geschafft."

„Smith hätte dich umbringen können."

„Ich lebe noch", murmelte sie.

„Du hast Glück, noch zu leben", korrigierte er sie. Er atmete zitternd ein, als er sich an die Gefahr erinnerte, in der sie sich befunden hatte. „Ich will das nicht noch einmal durchmachen. Nächstes Mal hörst du zu ..."

„Jack, bitte sei nicht böse."

Er funkelte sie an. „Ich hätte dich fast verloren! Verstehst du das nicht? Ich hätte dich verlieren können, bevor ich die Chance hatte, dir zu sagen, was du mir bedeutest. Ich –"

„Was ich dir bedeute?"

Sein Herzschlag donnerte in seinen Ohren. „Lilly, verdammt, ich liebe dich."

Einen Moment lang sagte sie nichts. „Oh." Ihr Gesicht erstarrte.

Er bereute sofort, ihr seine Liebe gestanden zu haben. Das hatte er nicht geplant. Er wollte sie nicht mit diesem Wissen belasten oder sie unter Druck setzen, ihm dasselbe zu gestehen, wenn sie nicht dasselbe fühlte.

„Vergiss es", sagte er schnell und ließ ihre Handgelenke los.

Er wandte sich ab, aber sie packte ihn am Unterarm und riss ihn zurück.

„Oh nein, Jack Porter, du kannst das, was du gerade gesagt hast, nicht zurücknehmen." Sie schüttelte den Kopf. „Keine Chance. Du kannst jetzt nicht verschwinden und mir ein zweites Mal das Herz brechen. Du kannst mir nicht sagen, dass du mich liebst, und dich dann aus dem Staub machen! Glaubst du wirklich, ich wäre immer noch hier bei dir, wenn ich nicht dasselbe fühlen würde? Wenn ich dich nicht auch liebte? Jack, du bist so ein Idiot. Ich glaube, ich muss dir beibringen, wie Beziehungen funktionieren, denn du hattest eindeutig noch nie eine."

Jack starrte sie an. Sein Herz schlug aufgeregt. „Sagst du –"

„– dass du ein sturer Bock bist? Ja."

„Nicht das", sagte er und grinste jetzt. „Sondern, dass du mich liebst."

Sie lächelte ihn an. „Ach, das? Ja." Sie seufzte leise. „Jack, ich habe dich durch all die Geschichten kennengelernt, die Thomas mir über dich erzählt hat. Über die Zeit, als ihr zusammen im Einsatz wart. Als ich dich endlich bei jenem BBQ traf, war ich schon in dich verliebt. Dieses Gefühl hat sich nie geändert, obwohl ich so wütend war, dass du verschwunden bist. So enttäuscht, dass du nicht dasselbe gefühlt hast. Egal wie sehr ich versuchte, dich zu vergessen, ich konnte es nicht. Ich liebe dich immer noch und mit jedem Tag liebe ich dich mehr. Du bist ein guter Mann, Jack, ehrenwert, loyal und mutig. Und es ist mir egal, dass wir uns verstecken müssen, denn wo immer du bist, wird auch mein Zuhause sein. Du, Jack, bist mein Zuhause."

Lillys heftige Erklärung zwang ihn fast in die Knie. Er war sprachlos. Wie konnten zwei Menschen dasselbe fühlen und es dennoch schaffen, ihr wahres Verlangen so viele Jahre lang zu unterdrücken?

Jack zog sie in seine Arme. „Ich werde dich nie wieder verlassen. Ich verspreche es", murmelte er an ihrem Mund.

„Und ich verspreche dir, ich werde dich niemals gehen lassen."

„Das Versprechen nehme ich dir ab."

Sie strich mit ihren Lippen über seine.

„Jetzt hör auf zu reden und mach Liebe mit mir."

Jack drückte seine Lippen auf ihre und spürte, wie sie sich öffneten, um ihn einzuladen. Er fuhr mit seiner Zunge in ihre süße Höhle und erkundete sie, während er nach dem Gürtel ihres Bademantels griff und ihn löste. Ihr Bademantel fiel auf und er befreite sie davon, bevor er ihren nackten Körper an seinen zog. Ihr Körper schmiegte sich an seinen, ihre weiche Haut und ihre üppigen Kurven passten sich seinen festen Muskeln an und ergänzten seinen Körper perfekt.

Lilly war das Yin zu seinem Yang. Zusammen waren sie stärker als allein. Das hatte sie ihm heute Abend bewiesen, bewiesen, dass sie ihm in mehr Dingen als nur beim Sex ebenbürtig war. Sie war stark, mutig und loyal. Und sie hatte mehr Sex-Appeal als jede Frau, der er je begegnet war. Als er sie aufs Bett legte und sich seiner Boxershorts entledigte, wusste er, dass er ihrer nie müde werden würde. Ihr Körper hieß ihn willkommen und ihre Muschi triefte vor Feuchtigkeit.

Ohne Scham spreizte sie ihre Beine für ihn, während sie seinem Blick standhielt und wortlos verlangte, dass er sie nahm, dass er einforderte, was ihm gehörte. Als ihr Blick auf seine Erektion fiel und sie sich über die Lippen leckte, wusste Jack, dass sie heute Nacht nicht viel Schlaf bekommen würden, obwohl sie beide erschöpft waren. Es spielte keine Rolle. Er würde Schlaf jederzeit gegen Lilly eintauschen.

Als er sich über sie beugte und seinen Schwanz tief in sie stieß, schlossen sich Lillys Augen und ein langes Stöhnen drang aus ihrem Mund.

„Sag mir noch mal, dass du mich liebst", forderte er und zog langsam seinen Schwanz bis auf die Spitze heraus.

Sie hob ihre Lider. „Ich liebe dich, Jack."

Bei ihren Worten tauchte er wieder in ihre enge Muschi ein, diesmal härter.

„Sag mir, dass du mir gehörst", sagte er, als er sich wieder zurückzog.

Dieses Mal legte sie ihre Hände auf seine Hüften. „Ich gehöre dir." Sie zog ihn auf sich hinunter und spießte sich auf seinem Schwanz auf. „Und du gehörst mir."

Der Stoß raubte ihm den Atem und ein Schauer lief seinen Rücken hinab.

„Fuck!", stieß er aus.

Er konnte jetzt nicht mehr aufhören. Er musste sie hart nehmen, musste sich bis zum Anschlag in ihr vergraben und spüren, wie sich ihre Muskeln um ihn zusammenzogen, als ob sie ihn einsperren wollte.

Ihre Körper begannen sich synchron zu bewegen, sein Schwanz stieß in einem steten Rhythmus in sie und das Tempo beschleunigte sich. Er eroberte ihre Lippen, küsste sie mit der gleichen Leidenschaft, mit der er in ihren süßen Körper tauchte, und spürte, wie seine Erregung einen Gipfel erreichte. Jedes Mal, wenn sie zusammenkamen, konnte er die Geschmeidigkeit spüren, mit der sich Haut an Haut rieb und es sich bei jeder Berührung so anfühlte, als glitt er in Samt oder Seide.

Jedes Stöhnen, jeder Seufzer, die sie teilten, war ein weiterer Beweis der Liebe zwischen ihnen. Jack wusste, dass es nie eine andere Frau für ihn geben würde, egal ob er morgen oder in fünfzig Jahren starb. Sein Herz würde immer Lilly gehören.

„Ich liebe dich", murmelte er.

Zusammen erreichten sie ihren Höhepunkt. Jack spürte, wie sich Lillys Muskeln zusammenzogen, als er seinen Samen in sie schoss. Als ihre Bewegungen ruhiger wurden, blickte er ihr in die Augen und sah, wie sich seine eigene Liebe darin widerspiegelte.

„Ich wünschte, ich könnte Thomas dafür danken, dass er uns zusammengebracht hat", sagte Jack.

„Er wusste die ganze Zeit, dass wir füreinander bestimmt sind", antwortete Lilly.

„Ja, das stimmt." Möglicherweise gab es einen Grund dafür. „Vielleicht hat Thomas es in einer seiner Vorahnungen gesehen ..."

„Wir werden es nie mit Bestimmtheit wissen", sagte Lilly, „aber ich werde ihm immer dankbar sein."

„Ich auch."

Über die Autorin

Tina Folsom ist gebürtige Deutsche und lebt schon seit über 25 Jahren im englischsprachigen Ausland, seit 2001 in Kalifornien, wo sie mit einem Amerikaner verheiratet ist.

Mittlerweile hat sie 50 Bücher in Englisch sowie Dutzende in anderen Sprachen herausgegeben.

https://tinawritesromance.com/deutscheleser/
tina@tinawritesromance.com

facebook.com/TinaFolsomFans

instagram.com/authortinafolsom

youtube.com/TinaFolsomAuthor